Retour en absurdie

Du même auteur

Voyages en absurdie, avec la collaboration de Christophe Debacq, Plon, 2013.

Stéphane De Groodt
avec la collaboration de Christophe Debacq

Retour en absurdie

PLON
www.plon.fr

12, avenue d'Italie
75013 Paris
Tél. : 01 44 16 09 00
Fax : 01 44 16 09 01
www.plon.fr

ISBN : 978-2-259-22797-1

Je dédie ce livre aux mots et à tous ces êtres,
héros textuels...

Pré-farce

Pour faire court je vais être bref.

Juste quelques mots pour rendre aux mages,
non pas ce qui leur appartient, mais hommage,
avec deux aime, à ceux qui m'ont aidé à faire
de l'Absurdie mon royaume.

Je leur dois le Retour de mes *Voyages*

Il y a vous
et puis aussi

Bangumi
Bénédicte
Canal+
Christelle
Christophe
Cyril
Didier
Elsa

Emilie
Grégory
Guillaume
Laurent
Maïtena
Muriel
Nicolas
Plon
Raphaëlle
Ronan
Vincent
...

Et puis elles, car sans ailes je ne volerais pas bien haut...

Odile
Zélie
Ninon

CHRONIQUES

Eddie Barclay

Invité : Xavier Bertrand[1]

Alors, vous ne le savez sûrement pas, donc maintenant vous le saurez, ou l'essorez si vous pensez que je vous raconte des salades, mais demain, ou deux pieds, ça marche toujours mieux..., ça fera dix ans que le champion vélocipédique Luis Ocaña canait. Perdant ainsi les pédales, il partit de son plein gré rejoindre ses compagnons de route au paradis, qui comptent déjà dans leurs-rangs Fignon.

Ne faisant pas partie des-railleurs de la petite reine, j'envisageais de prendre place à bord de la voiture-raclette, c'est comme une voiture-balai mais sans poils, afin de faire le tour des champions

1. Sauf mention contraire, les chroniques sont extraites de l'émission « Le Supplément ».

cyclistes, ou 8 clistes si vous comptez fleurette et Coppi... L'immense Fausto Coppi, qui encore aujourd'hui pourrait niquer ses adversaires car oui, c'était un colosse-Coppi ! Un physique qu'il devait sûrement à un régime sans selle... Mais là je vous parle d'un temps que les plus de vingt dents ne peuvent pas connaître, même si d'autres coureurs *m'épatent, m'épatent... oui c'est de Pantani !...* que je parle, même s'il ne me semble pas oPPortun, avec dopé, de rencontrer ce pauvre Marco, pâlot, qui a dû rendre le maillot jeune car il n'avait plus que l'EPO sur les os. Comme l'Eddy Merckx très justement : « Jeu de mots, jeux de vélo ! » Alors plutôt que de continuer à pédaler dans la semoule et de me retrouver dans la roue de l'infortune, risquant ainsi de porter le maillot faible, je changeai de braquet afin d'évoquer le 13 mai dernier car cela faisait neuf ans qu'Eddie Barclay, empereur des CD, décédait. Eh oui, après 78, 45, puis 33 tours, il s'en est allé faire un dernier tour, en terre, usé par des années de labour dans le microsillon.

Afin de rencontrer celui qui fut producteur de légende-âme de Saint-Tropez, je décidai de le rejoindre dans une de ses célèbres soirées blanches où se côtoient stars des yéyés, un peu délayées, et autres jet-setteurs, ou jet-neuf heures pour les plus tardifs, bref de partir festoyer sur un yacht de

Millepieds, prêté par le Benjamin de la bande. Mais à peine sur le pont du navire, moi qui *n'avais ja-ja-jamais navigué*, à cause de la houle marinière je devins-blanc comme un linge. Je n'étais pas le seul visiblement car le roulis-Iglesias ne le supportait pas non plus. Lui il était carrément linge comme un blanc, c'est dire s'il était tout retourné... Je débarquai donc sur-le-champ sur le quai, sur le quai sur-le-champ, enfin je pris le quai des champs quoi, remettant ainsi à demain ce que je voulais faire tout de suite, en l'occurrence vomir sur le Barclay flottant.

Une fois sur la jetée je retrouve quelques célèbres copains d'Eddie... des potes people qui traînaient hagards au port sans entrain. Parmis-les-gens, et parmi-giano – oui y avait aussi une bande de copeaux italiens – je reconnais Darry Cowl qui se propose de nous conduire vers les hauteurs et compositeurs de Saint-Trop'. Mais comme l'auto et Cowl ça fait deux, c'est Léo Ferré qui prit le volant car le cap-Ferré, il pouvait le tenir.

Dans la voiture, tout en roulant-Thierry ne peut alors s'empêcher de faire le Luron en faisant l'imitation de vitesse. Bon public, au quart de tour, Jean Ferrat rit, suivi de Salvador qui *en-rit* aussi, et même Dalida s'y met, ou s'y joint... j'sais plus quand...

Parvenant enfin à… ben, pas à bon port puisqu'on venait de le quitter, nous nous frayons tant bien que mal un chemin parmi les badauds qui badaient, les bimbos qui bimbaient et les fans qui fanaient… jusqu'à ce que Nougaro nous aide à nous garer.

Apercevant alors près d'une fontaine Brigitte, Bardot ne me reconnaît pas quand je vais la saluer, ce qui est assez logique puisqu'elle ne reconnaît plus personne. La devinant un peu embrouillée dans ses souvenirs du temps où elle était encore BB blonde, je la rassure en lui disant combien en repensant à elle mon sexe s'emballe, et c'est pas cher payé. Emue, elle m'invite alors à me joindre à elle pour une partie de pétanque. Pensant qu'elle Madrague je lui demande : « OK, mais pétanque, où ? » Allez savoir pourquoi, elle le prend super mal et me laisse alors sur la plage, abandonné…

Comme avec Brigitte ça bardait, je restai tout seul avec les boules, réalisant que dès le départ cette chronique partait à vélo… Je décidai alors d'en rester là, et même si d'habitude je ne suis pas du genre à Barclay le travail, pour une fois je choisis de la boucler sur une fin d'artifice car avec Eddie on ne fait pas sans blanc.

Ludwig van Beethoven

Invité : Alain Altinoglu

En ce jour de fête des Mères ou défaite des maires pour les moins chanceux, ou faites des frères si vous êtes assesseurs, bref à quelques heures de vider les urnes, c'est coutume, j'ai décidé de pratiquer la politique de l'Autriche en allant rendre hommage à Ludwig van Beethoven, qui bien qu'hébergé allemand pendant une majeure partie de sa vie a fini viennois le 26 mars 1827 à l'issue d'un concert foudroyant.

Un peu *la-si* de voyager *sol*, cette semaine j'ai emporté Cyril avec moi car sa compagnie El-din grand réconfort, et puis surtout il connaît la musique pour chambrer car même s'il jouait d'un instrument avant, il a toujours plusieurs cordes à son harpe.

Bref, alors comme Beethoven est né à *Bonn-et-aime* y passer du temps, le *dandy, dandy-coool* et moi décidâmes de rencontrer Ludwig dans sa ville natale où avec ses copains du Bach, à Mozart, en passant par *Schubert et Ber-lioz*, sauf Rossini qui lui, tourne-le-dos, ils se retrouvent parfois pour faire un bœuf... *miroton miroton mirontaaaine*... Oui, avec ses illustres collègues de décomposition, ils jouent du violon afin de ne pas se perdre de vue, car c'est bien connu le violon-scelle.

A peine débarqués à *Bonn port*, bien qu'on y soit arrivés en train, nous prîmes la direction de l'opéra car c'est là que le grand orchestre des splendides répétait. Une fois arrivé à la porte, nous sonates de concert, mais, faute de réponse, Cyril fonça tête baissée en direction de la scène. « Timbale pas », lui dis-je. Je le retiens, il me retient... et Cy-ril il a une tapette, car à la fin ça suffit !

C'est alors que, par le plus grand des hasards, je reçus un *Tweet de Schubert* m'informant qu'il fallait s'adresser *à-Liszt qui au pays-des-morts-veille*... sur Beethoven. Je passai donc de l'ancien Franz au nouveau Franz, et après avoir dévalué la situation, je parvins de fil en aiguille, puis de

Phil-à-Monique, puis de *Monique-à Bellucci*, tout ça pendant que Vincent Cassel la voix… enfin bref j'en passe et des pas pires, Papieren !…, je parvins enfin auprès de Ludwig occupé à jouer des cymbales… *masqué, ohé-ohé*…

Une fois ma première surprise partie, je le salue d'un tonitruant « Gutten Tag ! ». Un véritable cri du cœur, ou cœur du cri pour les plus croyants, et dans la foulée m'excuse d'être venu les mains vides, car je ne lui ai apporté ni fleurs ni couronne. « Was ? » me répond-il. Non pas besoin de « Was », justement… Mais il insiste quand même, déclenchant entre nous un problème de « Was » communicants. Le *quiprokoviev* dura une bonne demi-mesure jusqu'à ce que Vivaldi surgisse enfin avec ses quatre saisons et lui prête *son-automne.* J'en profite alors pour évoquer ceux qui le taxaient d'être sourd comme impôt ! Il me répond que même s'il n'a pas l'ouïe de finesse, il est la preuve vivante, enfin de son point de vie, que l'on compose la musique au cœur et non à l'oreille, car c'est justement après avoir dit « Tchao tympans » qu'il est devenu la coqueluche du tout-Vienne, ou du tout-venant pour ceux qui trouvent le participe plaisant.

Prenant alors place à son piano droit, devenu aqueux à force d'avoir trop baigné dans l'eau-de-là, je lui demande s'il peut me jouer la Walkyrie. Il me répond que ça, c'est Richard, avec qui on le confond souvent car ils ont un Wagner de ressemblance, même si lui est reconnaissable avec son schleu sur la langue.

Pour finir sur une note moins grave, il monte aigu, la digue, la digue, et *entonne* alors, non pas Tchekhov, il est sourd mais pas mouette, son célèbre pom-pom-pom-pom, composé sous le pommier du jardin d'Haydn. A moins que ce ne fût un pêcher… et dont il a tiré la symphonie numéro 5… pour ceux qui ne seraient pas au parfum.

Voyant soudain Mozart passer sa trombine en coulisse, je comprends qu'il faut que je quitte le *concert-tôt* et rejoins alors Cyril qui m'annonce, gêné, que notre chasse aux ténors a causé en *partie-soucis-à-Liszt*. Pauvre Franz…

Oussama Ben Laden

Invitée : Amanda Lear

Alors, vous ne le savez évidemment pas, et si tu le sais c'est intégriste et périls, mais demain lundi 10, lundi 10, *10lundidididilundi* – oui, quand je ne sais pas quoi dire j'appelle Khal'aide, bref dans quelques heures, et après quelques heurs, Oussama Ben Laden, et non pas Oussamen Ben Lada, c'est pas la même marque, aurait fêté ses 57 ans.

Effectivement, celui qui naquit à Riyad, y a pas que lui d'ailleurs à Riyad, Massenet aussi..., OK je vais m'Arab'iller ! Oussama, donc, aurait fêté son « année verset » s'il n'avait été immergé en-mer-d'Oman, justement pour ne plus en causer.

Peinant à comprendre comment il pouvait se la couler douce avec tant de morts sur l'inconscience, je décidai donc de partir sur les traces d'Oussa, ainsi surnommé par ceux qui l'ont cherché très l'Otan. Comme je ne recule devant rien, et que j'avance plutôt derrière tout, je mis le voile direction l'Afghanistan à la recherche du mollah Omar, car comme la pression accrue-se-tassait, j'avais une chance de le trouver. Certes, j'étais complètement Kaboul de vouloir entamer ce voyage, mais à peine arrivé je me retrouvai nez à nez avec la mère d'Omar, Homère donc, eh oui, *iliade* des jours comme ça... J'avais la chance de tomber par hasard sur cette femme à voile et à valeur, qui n'hésita pas à me mener auprès de son fils prodingue.

Le découvrant alors dans son jardin en train de prendre le thé meurtrier, toujours pas sûr que Bernard en rit..., je me permets de lui demander si je peux m'asseoir sur le Taliban cinq minutes avec lui, et regarder le soleil, tant qu'y en a... C'est une manière de l'aborder doucement pour pas qui s'tend... Le sentant ouvert au monologue, j'enchaîne dans la foulée, de peur que ce ne soit l'inverse, et demande à Omar pourquoi lui ne s'est pas fait pincer, c'est rigolo, car si Oussama n'était pas Intouchable, Omar si... Il me répond que pour éviter de se faire repérer, son père lui a toujours dit : « Fatwah tout petit, mon grand. » Je poursuis et lui demande où je peux enfin rencontrer BeBen. Il me dit qu'on ne parle pas comme ça, et, tout en enfilant ses babouches en skaï, me New Balance un coup de talion dans la gueule, m'informant qu'une âme à vertus en vaut deux.

Pour détendre l'atmosphère je lui suggère de goûter un *Loukoum di jour*, Gondri ra bien... et une fois calmé, Omar m'invite à le suivre sous sa tante, par alliance, où se cache Ben Laden. En préambule, il me précise que pour aborder Oussama il faut vraiment y aller mollah et que par ailleurs j'aurai un pli à lui remettre de sa part. Sur ce on se dit Adieu... enfin... Allah prochaine.

Après avoir été *à la pêche au mollah-moll ahmoll*, oui bon... on connaît la chanson mais comme ça, Alain renaît un peu, je parvins à bon port, façon de parler, et découvre Ben Laden dans la soldat-tente. Ou-ssa-ma fait de l'effet !!

D'emblée il *demand-à-lire* le pli qu'Omar m'a donné. Ensuite on se salue, je lui demande comment va la santé, tout ça, mais il me répond qu'Islam-ente pas mal ces temps-ci, car après avoir été champion du monde WTC, pour lui c'est un peu un retour à la kamikaze départ. A ce propos, je lui demande pourquoi avoir fait voler des avions si vils et s'être exprimé de la sorte entre les deux tours. Il reste évasif, car depuis qu'il s'est pris une balle dans la tête il a des trous de mémoire, mais il se justifie malgré tout en me disant qu'il s'est probablement laissé électriser par un Coran alternatif.

Quand je lui apprends que Ground Zéro renaît aujourd'hui de ses cendres, ou renaît des cartes pour ceux qui pansent encore leurs plaies..., le fondateur d'Al-Qaida verdit en comprenant qu'il opéra pour rien et que si la terreur est humaine, la vie reprend toujours le déchu.

Dany Boon[1]

Alors vous le savez sûrement pas, et si vous le savez, arrêtez de vous la péter, mais le 26 février prochain sortira le film de Dany Boon *Supercondriaque*. Un temps titré « Amédicalement vôtre », puis « SuperCondrieu » pour les fans de pinard, ou encore « Supercon'dritals » pour ceux qui n'ont toujours pas digéré la finale de 2006… Mais vous n'êtes pas sans savoir non plus, et si vous le savez pas, arrêtez de tout me faire répéter deux fois, que la sortie du film de Dany coïncide, à trois jours près, ou six jours loin si vous faites des nuits courtes, avec la cérémonie des Césars, l'équivalent français des Oscars, inspirés des Sept d'Or, pompés sur les Bafta, qui avaient eux-mêmes plagié le Golden Vendée Globe, pour ceux qui prendraient la mer au moment où je vous parle.

1. Chronique extraite de l'émission « Vivement dimanche », France 2.

Il me semblait donc opportun, ou au porto si vous êtes à l'apéro, de profiter de la grande fête du cinéma pour bien marquer le cul. C'est comme marquer le coup mais pour la postérité, en allant à la rencontre de Daniel Hamidou, non pas avec Mariam à Bamako, même si on est dimanche, mais au Théâtre du Châtelet où la soirée des Césars sera l'occasion de récompenser, cette fois encore, ou une fois seulement pour les moins chanceux, tous les Césariens et Césariennes de l'année écoulée.

Alors malgré la pluie battante qui battait, la nuit tombante qui tombait et ma permanente qui nentait..., vous demanderez à votre coiffeur ce que ça veut dire, je pris un taxi afin de me meuner, du verbe « me meuner », aux abords du tapis rouge dans l'attente de voir débarquer l'élite, non pas de Ricard, mais l'élite du septième art. Mais après cinq heures à courgetter, c'est comme poireauter mais avec une courgette, j'en avais tellement 7e m'art que je m'en allai attendre Dany à l'intérieur dans le carré VP... c'est un carré où il n'y a Vraiment Personne.

Une hôtesse vint alors à ma rencontre, et sans vouloir me Jérôme commander, m'informa qu'il me fallût être patient avant que je puissasse espérer rencontrer quelqu'un que je connasse. Et qu'il en allait de même pour voir Dany, mon ami d'en France. Du coup nous poursuivâmes cette discussion pleine de conjugaisons compliquées en échangeant quelques tuyaux sur les absents de la soirée, dont Barthelemy, qui est à Maurice, Richard dans le Berry, ou encore Pol-an-ski à la montagne, alors que Gérard sera lui bien présent car déjà Depardieu rase Poutine. Une fois qu'on avait fait le tour de la question, on revint au point de départ de la réponse et du coup j'attendais encore, puis j'attendis, puis j'attendus. Après avoir conjugué toutes les attentes, je vis enfin entrer Dany très élégant, oui car Daniel est ch'ti, accompagné de Kad et de sa femme, Kad Woman, ainsi que de Valérie, qui-a-pris-ski… doudoune et bonnet-ton sur ton car ensuite elle file directement aux jeux de So-Ch'ti…

Bon, maintenant qu'ils sont venus, qu'ils sont tous là, je me demande juste ce que fout la mamma, ou plutôt que fait l'Alice Pol ?!… En l'attendant, je m'installe face à Dany qui m'observe du coin de la nuque, ce qui me fait penser que je ne suis pas du bon côté du canapé… Je change alors de place et pendant que « Dany-s'avale », non pas un cachet, mais une pastille pour la toux, nous discutons de tout(tou) et de rien, lui se chargeant de tout et moi du reste. De fil en Nagui – il passait par là –, notre discussion dérive sur la musique car si moi je suis plutôt Abba, Boon est M… oui, car il s'est toujours senti près-de-Hem, en cette belle région du Nord où il a grandi et fait ses armes. Ses armes entières même…

Soudain je me levai d'un bond à la vue du grand Jacques Audiard, dont la carrière n'aurait pas rendu amer Michel. A l'apercevoir, de battre mon cœur s'est arrêté, et comme en même temps de me porter mes jambes ont oublié, ben de tout mon long je me suis vautré.

Heureusement, Marion Cotillard vint m'aider à me relever en me disant que je faisais super bien le mort, elle qui s'entraîne chaque jour en regardant Guillaume caner. Guillaume qui vint également me prêter main-forte, car il n'a pas l'habitude de laisser les grands durs tomber et encore moins les p'tits mous choir.

Comprenant que j'avais l'air super con… tout court, je choisis de m'éclipser, laissant alors aux Césars ceux qui leur appartiennent…

De Funès / Claude François

Invité : Frédéric Taddeï

Alors c'est toujours bon à savoir, donc savons-le ensemble, cherchez pas c'est une conjugaison qui m'est propre, mais le 27 janvier prochain Louis Germain David de Funès de Galarza pour l'état civil, ou Louis El'dinFunès pour l'état Cyril, ou encore Louis de funeste pour ceux qui trouvent ça triste, enfin lundi quoi, cela fera trente et un ans que Fufu fut... quittant ainsi l'écran de ce monde à l'âge de 68 ans.

Parce que c'était Louis, parce que c'était moi, un peu de Boétie ne fait pas de mal... je souhaitais évoquer *La Folie des grandes heures* avec celui qui incarna Rabbi Jacob, jadis symbole de tolérance, et qui aujourd'hui ne provoque plus que des tollés rances...

Me recueillant alors au panthéon du cinéma où il repose au côté de Jean Gabin, Jean Marais, Jean Lefèvre ou Jean Carmet… Il aurait pu tomber pire-Louis… Je dus renoncer, car bien vite je fus perdu au milieu de tous ces Jean. Réalisant que mon panthéon était un peu décousu, je me mis en-quête exclusive de Cloclo qui aurait fêté ses 75 ans le 1er février prochain. Un anniversaire qui aurait sûrement fait grand bruit s'il n'avait fini comme Véronique, sans son…

Faisant alors jouer mon réseau, j'appris qu'il résidait à 4G de pierre de là. C'est donc tout content, sur un petit nuage, que je rencontrai Cloud François à Dannemois, où il vivait dans un Moulin-avant qu'il soit racheté et rebaptisé par Enrico Macias : *« Moulin de Danne-Dannemois-ah-ah Danne Dannemois… »*

Arrivé à la porte de la maison, close, sûrement sur ordre de Madame, je suis accueilli par un Clodo et une Clodette fumant des cloclopes, qui se proposent de me servir de guide, et comme j'avais pas fait tout ce chemin pour me tailler, je les suis. Les suit-tout d'ailleurs, car j'étais au bout du rouleau.

Chemin faisant, ils me font alors découvrir *la ferme du bonheur*, sa grange, ses poules, là-bas ses vaches alors que *cet âne est là*... au détour d'un champs-de-son, je découvre enfin le Claude en train de donner la denrée à ses chèvres qui *bêlent, bêlent, bêlent*. Les mains Moix, je me précipite à sa rencontre, et même si le style est un peu ampoulé, je suis ébloui de le voir si étincelant dans ses habits de lumière.

Sentant sous la pluie que le courant passe bien entre nous, je m'applique à ne pas le froisser et lui propose de nous mettre dans le bain de la discussion. Il refuse aussi sec et m'invite plutôt à le suivre au bar de la piscine afin de Saluer les Copains. Là je découvre Gainsbourg au bar accoudé, *ba-ra-cou-dé*, pendant que Carlos raconte des histoires de Dolto entre deux bombes dans la piscine et que Dalida fait des Bécaud à Gilbert. Plus loin je reconnais Chacha, enfin Sacha disent-elles, qui fait un show près de la mare, tout content d'avoir pêché un cageot de *carpes-entier*. Il arrêtait pas de faire des bonds de joie, au point de me faire la réflexion : « Mais va-t-il s'asseoir ou jamais... ? »

A un moment, tandis que Claude observe pensivement les magnolias, faux rêveur, il m'avoue que son grand regret aura été sa rupture fracassante avec France Gall alors qu'elle méritait *juste-un bris-doux*. C'est peut-être pour ça qu'elle est allée tâter du bâton de Berger… Lorsque je lui demande s'il n'est pas un peu frustré d'avoir fait pété les plombs, je sais, c'est glauque François… il se met à fredonner : *« Ecoute, ma main est près de toi… »*, histoire de me faire gentiment comprendre que je vais m'en prendre une si je lui pose encore ce genre de question et que d'ailleurs je devrais plutôt prendre exemple sur Mike Brant, qui lui sait quand il faut s'écraser…

Tandis que nous nous engageons dans l'allée, il me confie ne rien regretter, car grâce à l'amour de toutes ses fans il demeure un chanteur mâle heureux…

Walt Disney / Mozart

Alors sachez-le, chassez-le si vous êtes armé, séchez-la si vous venez de faire une machine ou laissez choir si vous préférez laisser tomber, mais le 5 décembre c'est l'anniversaire de la naissance de Walter Disney, plus connu sous le nom de Walt Disney.

L'occasion faisant le larron, même si Thierry ne fait plus Le Luron, nous décidâmes, oui, cette semaine j'ai décidé de me *nounoyer*, d'aller faire un brin de Walter causette avec le papa de Mickey… l'ange, depuis qu'il est au paradis.

Nous *prîmes*, ce qui est toujours agréable en fin d'année, nous prîmes donc un vol direct pour Morne-la-Vallée à bord d'un Dumbo Jet. Une fois arrivé au pied du château de la Belle, qui cherche toujours son Prince sur les sites de grands contes, je découvre que Disney parade entouré de sa bande de ciné qui s'anime sur son passage. Il y a là Mickey au bras de Minnie-Matty, qui réclame toujours ses droits d'hauteur... A l'inverse de Cendrillon qui ne réclame aucun droit car c'est Perrault qui fait les comptes. Plus loin, Laetitia Casta Fiore, l'égérie de se voir si belle en son miroir, défile pour Disney Chanel. Très charnelle même, à force de la regarder je me suis pris Peter, Pan dans la gueule !

Le décor du Walt spirit maintenant dépeint, je tente d'aller à la rencontre du maître des lieux. Attiré par l'appel de la forêt, ivre de la jungle, je me dirige alors vers un cri qui vient de l'intérieur. Et là je découvre Bambi, qu'on a tous connu en faon... C'est devenu un cerf rusé qui Brahms au fond des bois. Ensuite je croise un âne à qui je demande où je peux trouver Walt. Il me répond qu'il s'est fait la Belle. Planté là comme un Clochard, il ajoute : « *Walt is Walt, dit l'âne dit dit l'âne*... » Connaissant la chanson, dépité, je me dis que je dois me Delpecher si je veux avoir le temps d'honorer un autre anniversaire, celui de Wolfgang, Amadeus, Mozart... *et cetera*, qui nous quittait un 5 décembre des suites d'un concert généralisé.

Sur un coup de tête, nous décidâmes alors d'aller en Autriche à vélo. Si si !... C'est donc sur le beau vélo de Ravel que nous rejoignîmes la capitale. A Vienne que pourra…

Arrivés au Bar Bach, un bar-rock de la ville, je demande à l'autri-chien de garde, un Valls de Vienne…, si Mozart est là car il me semble entendre du brie à laitage. Il me répond qu'à moins d'être parti-tion rien dire, il devrait être en train de composer un morceau avec Carmen et George Bizet. Vous avez dit Bizet ? Oui, car en fait Carmen avait une folle envie de Bizet. Il nous invite à monter un ton au-dessus, pour aller voir où il crescendo. Devant la porte de la chambre à musique de chambre, nous sonates. D'un très doux « entrez », oui, la musique adoucit les morts, nous entrâmes. Une fois à l'intérieur, souhaitant être seul avec le Maître, je demandai à la diva-Callas se faire voir. La magie opéra, car elle s'en alla rejoindre Christian jouer du clavier ailleurs.

Mozart n'était pas tout à fait Sol. Son chien La Si, son plus fidèle La Mi, ne faisait pas Do Do, il rongeait un NoNoce sur *Le Figaro*. Dans un coin, j'aperçus le rival de toujours : Antonio Saliéri… Saliéri pas du tout d'ailleurs, trop occupé à tenter de lui piquer le statut d'homme-orchestre, le même que Rémi brigua. Vu l'heure, je me concertai avec moi-même, puis me concerto, et finalement me concertard car il était déjà passé minuit. Evitant toute fausse note, je décidai de m'en aller. Wolfgang orchestra alors mon départ en sortant les violons. Eh oui, pas besoin de flonflons ni trompettes pour marquer notre amitié naissante, seuls les violons scellent…

Je m'en allai alors, porté par le murmure du son. J'adore ça, oui, j'ai toujours aimé quand la mélodie, elle sonne.

Serge Gainsbourg

Invité : Bernard-Henri Lévy

Alors, je ne sais pas si vous êtes au courant, ou eau courante vu que ça ne coule pas de source, mais en ce dimanche 30 février 2014 ou 2 Mars si vous êtes révolté du Bounty, ou 92 décembre 2013 si vous n'avez toujours pas envoyé vos vœux… bref en cette fin de mois dernier et début de mois prochain pour faire simple, cela fait vingt-trois ans que nous n'avons plus que des nouvelles, vagues, du beau Serge, Lucien Ginsburg de son vrai nom, Gainsbarre de son surnom, ou tout bêtement Gainsbourg de son renom.

Afin de rendre hommage à ce ser Cherge[1], ce cher Gers, ce cher Serge, pardon ma langue à Pierre Reppé, je pris la direction de la rue de

1. Manu, si tu nous regardes…

Verneuil où Serge gît et lopez le pour et le contre de sa vie passée à se gainsbourrer la gueule, et où flotte encore son âme *et cetera.*

A peine arrivé sur le pas de la porte entroubleue, c'est comme entrou-verte pour les daltoniens, quelques notes échappées d'une portée à clé-de-seul me mènent dans le salon où je découvre Serge au piano-bar occupé à jouer Chopin, clopant.

M'apercevant, il s'inter-rompt-comme une queue de pelle. A le voir ainsi j'ai du mal à croire que ça fait déjà vingt-trois ans que cet homme épique et Polygram, grand compositeur de musique, soûl…, s'en est allé rejoindre le pré-vert dans les champs-de-sons. Me prenant au-mot, oui, j'aime cet homme, il me mène alors à sa chambre et me confirme que Serge s'est bel et bien Gainsbarré, même si ce n'était point son heure, sur ce lit-là…

Décontenancé, j'essaie de détendre l'âme-austère et décide alors de parler avec Serge l'amant, de ses petites fans-depuis Gall jusqu'à Bardot. Mais quand j'évoque Initials *BB-Fuck* ! me répond-il. Dieu sait pourquoi, Serge n'était pas dans l'humeur de la vanne… En revanche, et parce que ça, la muse, il connaît, il me demande des nouvelles non pas des étoiles, mais de Vanessa, si loin de lui et aussi Demouy, car tout ce qui touche à Paradis-l'atteint.

Quand il apprend l'ex-Depp primée aux Victoires de la musique, il me confie sa fierté de l'avoir prise sous son aile avant que Matthieu Chedid la prenne sous son M ou que Kravitz s'occupe de son K en lui offrant des sucettes à Lenny.

Saisissant Dombasle au bond, ça c'est juste pour que Bernard en rie... Mais elle *a-rit-elle* aussi... nous nous remémorons alors avec émotion toutes ces jeunes chanteuses, inter-prètes-à-tout qui prenaient Serge d'assaut : la douce Françoise, à l'époque pas si hardy, mais qui s'est endurcie à force de fréquenter Dutronc et les-Corses... France Gall, poupée de cir-constance dont la vision le rend toujours heureux, au contraire d'Isa, belle Adjani, aujourd'hui liftée meurtrier. Et Birkin évidemment, parce que là où il y a de la Jane il y a du plaisir...

Avant qu'il s'en retourne dans sa tombe et que j'étreigne le Serge, je finis par lui avouer que *je suis venu lui dire que je l'enviais* de s'être enivré de tous ces maux au point de devenir l'ivre de la jongle.

Pudique, il me remercie et me demande de faire savoir à Lulu qu'il aurait aimé faire avec lui un bambou de chemin. Il insiste aussi pour que j'embrasse Charlotte à qui il aurait voulu adresser un vivant-Attal-*luego*.

Charles de Gaulle

Aujourd'hui nous sommes di-manche, enfin pas autour de la table, là nous ne sommes que quatre, mais dimanche 24 novembre, jour de Noël pour ceux qui ont rejoint l'étable avec un mois d'avance et jour de Joël pour ceux qui ont rejoint les tables de Robuchon.

Alors rappelez-vous, et si vous ne vous le rappelez pas, c'est que vous avez oublié de vous en souvenir, mais la semaine dernière je vous ai promis une rencontre avec Charles de Gaulle, qui par un hasard extraordinaire vint au monde le jour même de son anniversaire… soit le 22, v'là les faits.

Je pris donc le chemin, tel l'inspecteur Colombey, pour Colombo… Ou l'inverse si on veut éviter de passer par le Sri Lanka, afin d'escalader le mont Gaullien, ou mont Gaulliste pour ceux qui trouveraient ça plus politiquement correct… Même si, pour certains, ces monts Valériens. Une fois arrivé au pied de la croix de Lorraine, bancale, je n'y vis pas âme qui vive, en même temps… pas même un membre du de Gaulle gotha pour m'accueillir.

J'attendis, puis j'attendais, puis j'attendrai, mais, à force, je finis par craindre que cette chronique ne puisse concorder avec mon emploi des temps et décidai donc de prendre les devants, avant de m'en prendre un, et de me rendre directement à La Boisserie, qui fut sa rési-*dence-avec-les-stars*, et où le Général, désormais libre, s'adonne à ses occupations.

Va comprendre !…

Débarquant à l'improviste, et à l'imprompteur, oui je connaissais pas mon texte…, je découvre le grand homme assis, ou debout, je ne sais plus. De toute façon y a pas de différence, que de la déférence. Il était vêtu de sa tenue militaire, fringant comme un jeune homme. C'est vrai que l'uniforme la jeunesse… Alors qu'il était plongé dans la lecture du dernier OAS117, à ma vue, de Gaule se lève, ou se Roissy, je ne sais plus non plus, et m'invite à partager le repas du guerrier par un tonitruant « A table, cher Stéphane ! ».

Oui, quand on déjeune en paix, le Stéphane est cher…

Au menu : huîtres et beignets de petits clamarts en entrée, et chienlit con carne en sortie… Après avoir avalé mes-soixante-huîtres, oui… pavés-pas pris, nous passons au dessert-des tartares-de fruits. Pendant qu'Yvonne ôte la queue des cerises et que Charles-l'ôte aux fraises tel un Master Chef de guerre, je lui demande quelle est sa vision pour la France de demain. Il croise alors le regard d'Yvonne, toujours sous le Charles de son mari militari, et marque un long temps d'arrêt. Devant ma surprise ou derrière…, son aide de camp me précise qu'en face de sa femme Charles est en général désarmé. C'est elle qui me répond alors qu'on ne traite pas de Gaulle d'oracle…

Prenant ce coup de Gaule comme un coup de Massu – ben oui, on ne Baden-Baden pas avec les morts –, je tente de faire diversion en lui demandant s'il a revu Michel, Debré ou de loin, mais ça le met encore plus en pétard !

Du coup Yvonne me conseille de ne pas trop enfumer son mari, car après 18 joints, Charles est stone et se réveille avec la Gaule de bois.

Retour en absurdie

Alors qu'en conclusion j'évoque l'Algérie, je comprends que je viens de mettre les pieds, noirs, dans le plat. Il me dit que je n'avais pas tout à fait compris Harki j'avais affaire car de bons souvenirs il n'en rapporta guère d'Algérie. On en rest'Allah…

Grace de Monaco

Alors en cette veille d'armistice, à défunt de se mettre un poilu sous la dent, ou un poil sur la main, j'ai décidé de faire glamour et pas la guerre en partant à la rencontre de la princesse Grace de Monaco, qui-naquit, non pas Herta mais qui naquit « Kelly » le 12 novembre 1929.

Dans deux jours donc, la princesse de Monaco, eux disent-Grâce, aurait fêté ses 84 ans. Comme je ne suis pas du genre à *m'exonérer-d'un-pot* d'anniversaire, je décidai de prendre la route du Rocher à bord de mon véhicule de fonction mis à ma disposition par Canal+. C'est donc en chaussettes que je me rendis sur le Rocher, Yves de bonheur, afin de saluer celle qui fut la femme-à-Rénier… son altesse ego en quelque sorte.

Une semaine plus tard, mes chaussettes manquaient de reprises, j'arrivai dans le port d'Amsterdam – oui, je m'étais gourré de disque –, et demandai alors à un Amster-quidam la route me permettant de brousser chemin vers le port de Monaco. C'est comme rebrousser chemin mais en plus court. Il me suggéra de m'adresser à Karl Lagerfeld, qui, par un heureux hasard, et surtout parce que je fais ce que je veux quand j'écris ma chronique, était justement occupé à appareiller pour la Principauté.

Je me dirigeai donc vers la bite d'amarrage, où je vis monter-Karl… à bord de son bateau de fortune. Je fus d'ailleurs très surpris de le voir là, je pensais qu'il *était'ailleurs*… Bref j'en profitai pour lui demander de m'emmener avec lui.

Bien m'en prit, ou bien membré pour ceux que ça concerne, car il se rendait justement au bal de la Rose pour faire son petit chèque-up annuel de soutien à la Croix-Rouge. En chemin, tandis qu'il avait le vent en poupe et que je me ramassais donc tout son talc dans la gueule, il me précisa qu'une fois arrivé il se ferait un plaisir de m'introduire dans le bal, de me faire découvrir les plaisirs Chanel et encore tout un gotha de choses…

Très emballé, je le remerciai chaleureusement, et, sitôt débarqué à bon port, pris mes chaussettes à mon cul afin de me débrouiller tout seul. C'est ainsi que je me retrouvai au FranPrix de Monaco espérant y trouver l'une ou l'autre tête couronnée. Mais, à part des têtes de gondoles, je dus me contenter de Petits Princes au chocolat. Et pourtant on m'avait dit que j'avais une chance de tomber sur Albert, car pour passer inaperçu dans les supermarchés low-cost le prince se grime Aldi…

Bref, bon an mal an, après avoir montré patte blanche, dents blanches et chèque en blanc, je pus finalement profiter de l'hospitalité du bal de Grâce où je fus accueilli par Charlotte, quasi-ravie de me voir, mais aussitôt obligée de me quitter car désormais elle passe tous ses week-ends à Paris depuis qu'elle est en Gad alternée.

Elle me laissa donc aux bons soins de son oncle le prince Albert, fils de Grace, le grâce-ouillet quoi, beaucoup moins gland vu de près, et de Charlène, beaucoup plus plate vue de dos, qui avec ses méthodes moyennes-nageuses n'hésita pas à m'encrowler une.

Il paraît que c'est comme ça qu'elle em-brasse et que cette accolade princière équivaut en fait à un Royal câlin…

Espérant enfin découvrir la Grâce personnifiée, je me dirige alors vers l'extérieur où je la découvre posant la main au colley qui est couché à ses pieds. Tout en le caressant, elle m'explique n'avoir que quelques secondes à m'accorder car Alfred est venu lui faire passer des décès pour son prochain film d'action : *Le Grimaldi presque parfait*, avec Grace et Annie Girardot, et où à la fin Grace décapite Annie…

Je l'interroge ensuite sur l'avenir de la principauté, mais elle détourne pudiquement le regard et me dit que du haut de son paradis fiscal, elle ne fera pas de déclarations.

A ces mots, elle se lève pour aller à la fenêtre sur cour et s'en va vers l'horizon funèbre.

Je la laisse repartir, comprenant qu'une ultime question ne serait pas au goût de Grâce.

Victor Hugo

Invité : Mathieu Gallet

Vous ne le savez sûrement pas, et si vous le saviez vous auriez pu me prévenir, mais la semaine dernière nous avons omis, ou zomis si vous aimez les liaisons dangereuses, ou Romy si vous préférez Delon discours à de courtes intros, d'évoquer la dis-parution de Victor Hugo qui aurait eu, s'il ne s'était tu un 22 mai, 129 ans et des poussières, surtout des poussières d'ailleurs puisqu'il fut un grand inspirateur.

Du coup, je m'disais, ou je m'Dyson puisque je n'avais pas l'intention de vider mon sac, que cela faisait un bon moment que j'aspirais à rendre hommage à cet homme de lettres, car aujourd'hui encore il y a de l'Hugo dans l'air… Tablant donc sur un heureux Goncourt de circonstance pour rencontrer Lemaître et le Revoir là-Haut, je décidai de me rendre dans sa maison d'édition, ou des dictions si on a du mal à le prononcer, où, paraît-il, Hugo bosse très élégamment dans un posthume trois-pièces, Quasimodelé sur mesure.

Flanqué de mon fidèle Cyril, qui est toujours Eldin naturel déconcertant lorsqu'il s'agit d'évoquer la belle Esmereldin, nous arrivâmes au Seuil de son éditeur, et non l'inverse, et sonnâmes les bras Balland avec aPlomb. Oui, c'est comme ça qu'ils Laffont marcher la sonnette, même Jean-Claude L'atteste… C'est alors qu'à travers la porte je découvre stupéfait que Georges Sand-épiait, je l'ai reconnue à l'auteur… Je l'invite donc à venir nous ouvrir, puisqu'elle *voit elle*, qu'on sonne, qu'on sonne, qu'elle voyelle, qu'on sonne… 6 lettres, pas mieux !

Une fois à l'intérieur, passé ma surprise de voir qu'elle a un soutien-George, elle nous accompagne Chopin choppant puis, pour éviter que nous ne nous perdions, nous laisse aux bons soins d'Adèle, la fille de Victor, qui nous donne son avis sur la manière la plus opportune de rencontrer *le monstre sucré* comme elle dit. On la devine très fière de la barbe à papa. Nous écoutons donc *l'avis d'Adèle-qu'est-chiche* en conseils d'habitude, mais qui pour l'occasion fait tout pour nous introduire dans l'arène Victorienne afin d'y faire Causette. Elle nous demande alors de patienter car son père était parti avec Alfred de Vigny vider vessie. Au moment de nous saluer, elle me réclame discrètement un petit billet pour sa peine. J'étais un peu surpris qu'elle me demande du fric-Adèle, mais bon… on a chacun nos saucisses pour boucler la faim de mois…

Alors que nous étions à attendre le retour d'Hugo… oui, bon, pas de quoi en faire un Kafka nerveux non plus, hein, on n'était pas très procès, soudain *Victor-là-nous* accueille tout guillemet, c'est comme guilleret en plus littéraire, et nous propose de visiter son bureau de travail où il a bâti *Notre-Dame-de-Paris*, écrit *L'homme qui rit* à moitié dans son lit et créé pendant ses heures *sup'-Hernani*. Face à cet homme désarmant, je me retrouve Mallarmé… mais j'enchaîne malgré tout en lui demandant pourquoi il n'a pas plutôt vécu une vie de poèmes. Il me répond tout simplement qu'il ne voulait pas tomber de Charybde en Syllabe et, plutôt que de ressasser le passé, me suggère de retrouver *Lamartine à la page* qui se baigne dans une mer d'encre. OK, lui dis-je, *vamos* à la Pléiade. Mais Cyril préférait plutôt s'en retourner à l'Elysée camper dans la cour, des fois qu'on y ferait des miracles…

A peine arrivés sur la plage blanche, bordée de Montaigne de sable, nous retrouvons quelques-uns de ses amis écrivains. Il y a là Chateaubriand qui steak haché, à poêle, derrière la dune. Plus loin nous voyons Emile, mais Zola ne nous regarde pas. J'accuse le coup mais ne me formalise pas davantage car je m'en vais aussitôt m'enquérir du bonjour d'Alfred qui à l'époque m'a Musset beaucoup. On se salue. A ses côtés je reconnais Marcel : *Qué tal* ?! mais je *laisse-Pagnol* tranquille, car il était occupé à manger une glace à la Fanny. Je me dirige ensuite vers Edmond, qui Rostand place sans bouger. Je crois qu'il m'avait dans le nez, de même qu'Honoré qui pouvait Balzaquer.

Comme il commençait à faire un peu froid, je demande à *Hugo'cha-veste*, mais il ne m'offre qu'une quatrième de couverture… Oui, *Hugo f'rait* n'importe quoi pour le show. Dans la foulée il me fait comprendre qu'il est temps que je referme ce chapitre, et pour cause, lui qui guère-ne-sait cacher ses sentiments m'avoue qu'il doit se coucher tôt car demain dès l'aube, à l'heure où blanchit la campagne, il partira. Je décide donc d'en rester là car l'Hugo et les douleurs, ça ne se discute pas…

Victor Hugo

Mais avant de passer mon chemin je ne peux m'empêcher de vous livrer ces quelques Maupassant. Pour illustrer sa conviction, Hugo planta en 1870 un chêne, prédisant que lorsque l'arbre serait parvenu à maturité les « Etats-Unis d'Europe » seraient devenus une réalité.

Il ne se doutait pas qu'il y aurait beaucoup trop de glands pour que son rêve aboutisse pleinement…

Jésus

Invités : François Rebsamen, Sylvie Uderzo, Camille Kouchner

Vous l'savez peut-être, ou lavez sûrement puisqu'il s'agit d'un nom propre, mais le 25 avril nous fêterons saint Marc, qui, comme Linda, Evangelisa les chrétiens. Comme un chrétien vaut mieux que deux tu l'auras… et que Laura… sais pas…, en même temps on n'est pas obligé de trouver des jeux de mots pourris à chaque phrase… donc laissons passer Laura – je profitai donc de ce week-end de Pâques pour fêter *tous saints*, et enfin prendre le Christ en thème…

Comme je ne veux pas faire d'erreur de Genèse, d'emblée je demande à Rome, où *sleep le grand gourou*, comment me débrouiller pour rencontrer toute la sainte famille. Sur place, après avoir été fouillé, plan vigie-Pilate oblige, je déchante rapidement en comprenant que l'on veut me cacher ces saints que je ne saurai voir… Comme *Saint-Pierre n'Attacha* que peu d'importance à ma requête, je me rabattis sur les abbés qui n'en avaient cure, eux non plus… Mais sous ma pression *les abbés cédèrent* et me renseignèrent une abbaye où trouver l'essaim des saints.

Alors si cette abbaye ne fait pas de moine elle fait de moi un homme heureux car à peine arrivé je tombe sur saint Marc, que je n'avais pas reconnu tant il avait l'apôtre sur les os, et lui demande où est le Seigneur. Il me répond que je risque de voir *Jésus-Christ super tard* mais en attendant me propose de rencontrer *la Sainte-mère-l'exquise*, qui fait un somme près de l'abbé. Je me permets alors de faire *lever Maria* afin qu'elle me mène auprès de *Joseph-qu'est seul* pour monter le décor-du Christ. Du coup, ben, je l'aide à dresser les tables de multiplication, laissant Marie vaquer à ses apparitions.

Alors que je suis en tête athée avec le Père du fils du Saint-Esprit, très amène, il me confesse que Marie, sa chère promise, n'est pucelle qu'il a connu et qu'il aimerait bien, comme un ultime test-amant que je lui présente ma consœur

Véronique Genèse... Un ange passe, mais personne n'y fait attention puisque c'est famille.

Par chance, à ce moment revient Marie en toilette. En tant qu'invité de Marc elle me propose de partager le repas avec les *di*sciples, il en manquait deux... Dont Juda qui était aux prises avec un tas-d'amis et Jésus qui marchait à tombeau ouvert pour combler son retard. En attendant Pâques-Man, on se paye-un pot sur le revenu, c'est de tradition, en attaquant l'apéro ; pour Monseigneur, Martini, pour Matthieu, Ricard, pour Jean et Pierre, Pernod... Quant à moi, j'hésite entre la bière tombale et le vin d'é-table.

Tout en faisant l'Epître, je jette un regard à travers le double vitrail, et découvre stupéfait le *Christ-en-Louboutin.* Mais d'où Jésus... sort-il ?! En fait il était *sur la route toute sa sainte journée* à marcher dans son short de *lin-seul.* Mais alors qu'il était presque arrivé, sous la chaleur *Jésus naze arrête*, mais très vite reprend son courage à deux jambes, ce qui est plus facile pour avancer quand on prend un peu de recul, et nous rejoint dans la cantine des cantiques...

En ouvrant la porte, Jésus-Crie : « Je suis làà ! », ce qui suscite une joie non dissimulée dans *l'assistance biblique*. Ne boudant pas son plaisir, il re-crie, ce qui ré-suscite une joie…, enfin bref, nous passons enfin à table et, après avoir récité le « Mon Papa », Jésus prend alors un pain, et rompu à l'exercice le rompit en disant ceci est mamie. Oui, car à ce moment précis la Vierge apparaît un peu ébouriffée. Je crois qu'elle sortait de son bain, Marie.

Enfin bon, vous imaginez la cène…

Tendant alors l'oreille pour pêcher la bonne parole, je demande au prophète, et cause de bien des tracas, s'il peut me faire rencontrer Dieu sait qui, Dieu c'est où, Dieu c'est quoi, bref m'aider à trouver des réponses aux questions qu'on s'oppose.

Avant de me conseiller de relire la Bible pour me tenir au Coran, il me répond que je peux directement lui dire « à Dieu ».

Comprenant le message, je ne me fais pas prier et laisse le prophète prophéter de sa fête, mais au moment de me lever de mon cierge, je reste cloué sur place avec un sacré mal au culte.

Plutôt que demander de l'aide à un vil-saint dont je n'ai *pas-l'estime*, *je-ruse-allez*… et tente un sauve Kippour.

JFK

Alors vous ne le savez sûrement pas, et d'ailleurs moi-même je vais sûrement l'apprendre en vous le disant, mais le 22 novembre est une date à marquer d'une pierre blanche, ou Francis Blanche si vous préférez la marquer d'une pierre Dac, puisque c'est en ce jour funeste, ou Louis de Funeste si vous préférez en rire, que la tête de John Fitzgerald Kennedy éclata en morceaux à cause d'un trou de balle. *Annus... horribilis* pour les Etats-Unis que cette année 63 donc, à cause d'un certain Lee Harvey Oswald, ou OsValda pour ceux qui ont toujours du mal à avaler la pastille.

Oui, Lee Harvey vraiment de vils desseins car il fit capoter, voire même décapoter, les projets d'avenir de JFK, qui une fois étalé Sur La Route se fit appeler John FitzGerald De Palmas, puis John FitzGerald Dahan par ceux qui tentèrent vainement de l'imiter... les dégâts.

JFK

Etant toujours à l'affût d'un nouveau défi, et non pas à l'affit d'un nouveau défut, parce que ça ne veut rien dire et je ne vois donc pas pourquoi je vous le dirais, je m'en allai rencontrer l'ex-Président démocrate. Mais en arrivant à lasso du Texas aucun mocrate à l'oraison, juste des amères Indiens et des américubes, c'était l'heure de l'apéro, qui voulaient tourner l'apache sombre de leur histoire.

Une fois à Dallas, *but not least*, perdu dans cet univers impitoyable, j'y erre comme une âme en peine avant d'apercevoir Bobby-eh oui..., le jeune frère de John, lui aussi un peu abattu..., à la table du très réputé Kennedy Fried Chicken, enfin réputé, sauf pour ceux qui étaient panés... J'entre et le découvre alors en grande conversation avec Jackie. Jackiequi ? Jacqueline Bouvier Kennedy Onassis... « *Onassis, Onassis Oohh...* » Oui, je suis un peu dans le jus cette semaine... Alors que je ne lui avais rien demandé, elle me confie qu'elle se verrait bien encore première dame des Etats-Unis, pour concurrencer dans le cœur des hommes Michelle, au bas mot.

Je lui demande ensuite où est FEU ! son mari, elle me dit qu'après s'être un peu reposé dans la petite pièce-John a dû s'absenter afin de vérifier que Barack tient bien la maison, celle-là même où Monica se montra plus-à-Bill au baise-balls qu'au baisemain, et qu'ensuite il s'envolera au bras d'une de ses nombreuses conquêtes spéciales, car il n'a jamais cessé de passer de lune à l'autre. De l'astre au désastre l'addiction est salée…

Je comprends alors que le départ de John sonne… le glas d'une époque épique. Avec *Jackie-on-assiste* à la fin d'une certaine idée du pouvoir, du glamour et de la gaule, ce qui est finalement assez utile pour évoquer ce 22 novembre qui est aussi l'anniversaire du général d'une autre Gaule, et qui aurait eu 123 ans s'il n'avait succombé à la mort très tardive du nourrisson !

Faute d'avoir pu séparer le blanc du John, je ne sais pas ce que ça veut dire, et alors qu'au loin déjà barrit Lyndon… de guerre lasse, ou de paix-lasse si je m'étais appelé Géraldine, je comprends qu'il me faut quitter Dallas pour rejoindre Colombey, ses colombines, ses colombins, et ses deux églises dans le but d'y retrouver les Deux Gaules dès la semaine prochaine.

Eh oui, le 22 novembre est une véritable thérapie Birthday…

Steve Jobs

Invités : Gérard Davet, Fabrice Lhomme

Vous le sauvez peut-être, et si vous ne le sauvez pas vous pourriez être poursuivi pour non-assistance à personne en danger, mais le 1er avril prochain Steve Jobs aurait fêté les trente-huit ans de la firme à la pomme, *de reinette et pomme d'applis*, si une vile tumeur, qui portait bien son nom, ne l'avait rongé jusqu'au trognon…

Alors, vous vous en souvenez peut-être si vous suivez cette émission depuis le début, mais pour ma première chronique du « Supplément », ou chronique « Suppl'Emmental » si vous l'avez râpée, ou « Supplé'Mentos » si vous avez la mémoire plus fraîche que l'haleine, j'avais rencontré Tim Cook, le boss actuel, car je suis très sensible à tout ce qui concerne Apple, non pas du 18 juin, mais à cette marque emblématique que Jobs, étudiant, créa avec son iPote Wozniak dans un garage de Cupertino.

Comme on n'iPad d'ses nouvelles depuis un bon moment, je décidai de m'envoler pour la Californie afin qu'il m'explique religieusement en six-clics, de souris, comment *il se fait-ce* que sa disparition ne marqua pas l'arrêt du culte.

Après quelques semaines de vol, il y en avait des bornes pour les USA !..., c'est à Palo Alto que *j'Attari* car Steve a voulu dans la Silicone Caner. Eh oui, c'est là au milieu des siens qu'il s'est-éteint, non pas les cheveux, il a toujours eu des racines carrées, mais éteint à l'aube de ses 57 ans, ou cinquante sextants si vous avez des problèmes de navigateur.

Une fois n'est pas coûteux, afin de rencontrer le beau-Jobs, l'homme des gigabites, j'optai pour l'Apple à un ami afin d'établir une connexion et retrouver ainsi les plaisirs du modem. C'est Madame Cloud, qui gère le réseau des wi-fi de joie avec son Mac, qui me mena devant la maison close de Steve en bord de mer, mais comme je n'avais pas le mot des passes, je restai bloqué sur la plage d'accueil, hurlant son nom à tue-tête jusqu'à finir complètement iPhone...

J'empruntai alors un chemin de traverse, car tous les chemins mènent au Rom, ou à la Ram si vous avez des trous de mémoire, et après avoir choisi le moins long parce que c'était le plus court, je tombai enfin sur le maître Dell-lieux occupé à jouer du clavier en sourdine. Oui, Jobs-y joue-bas...

En guise de bienvenue il me sert un *ice-tea* et une tartine *d'i-oli*, que je refuse poliment pour ne pas puer de *l'i-gueule*, et lui demande dans la foulée comment se passe cette retraite forcée. Tout en remontant l'Apple*Store* pour profiter du soleil levant, et si le soleil *le-vant*, il l'achète pour se faire de l'iTunes, il me dit qu'il est parti tôt, ou parti Toto pour ceux qui ont pris ça pour une mauvaise blague, car il voulait essayer un nouveau *logis-ciel*... bien avant le très habile-Gates, avant que *Bill mourrait* quoi...

Un brin choqué, ou châtain choqué pour être plus clair, je l'interroge sur cette rivalité un peu con et pas fraternelle qui les oppose. Il me répond que c'est parce qu'il lui a fermé les *bras-Gates* qu'il a tout fait pour mettre *Bill out*.

Mais quand je lui demande si chez Microsoft tout est à jeter, l'inventeur du *Mac-Pro-s'tâte*, et finit par m'avouer que même s'il lui arrive de se réveiller en pleine nuit avec une forte envie de PC, à jamais, pour Steve, Mac *wins* !

Lénine / Charlot

Alors, vous le savez peut-être, ou peut-être que vous ne le savez pas, ou peut-être que vous l'avez su et que du coup vous le re-saurez, re-saurez quoi ?, ben, mes salades, mais mardi prochain Vladimir Ilitch Oulianov, plus connu sous le nom d'emprunt russe : Lénine, ou Lénine-crade pour qui considère qu'il a les mains sales et qu'il est un peu la consternation de la grande-Urss… Bref, dans deux jours, ça fera quatre-vingt-dix ans que Lénine est mort et toujours pas enterré !

Comme en ce début d'année j'ai décidé moi aussi de prendre de bonnes révolutions, je pris le parti de rejoindre Moscou afin d'approcher la dépouille de celui qui évitait de danser avec les tsars. Sur ce point, il a Russie son coup…

Heureux qui communiste je Marchais donc vers le mausolée où il repose depuis son décès à 53 ans. Oui, il est mort *j'eune-Lénine*, j'*Imagine*…

que c'est d'avoir trop aimé les *camps, dira-t-on*. Eh oui, on ne fait pas de vieux os quand *la rue-meurt*...

Mais manque *de bol-ch'ai vite* compris que je devrais renoncer à rejoindre la place Rouge car elle était noire de monde. Pensant un instant me rabattre sur Trot'ski, je décidai finalement d'écarter cette piste, me disant que faire Trot'ski était un peu risqué par les temps qui courent...

Jamais pris au dépourvu, dépourvu que ça dure, j'eus alors l'idée saugrenue, ou so-Grenelle si vous êtes respectueux de l'environnement, de me remémorer qu'il y a presque un mois, donc presque un toi, quasiment un nous quoi, nous nous apprêtions à célébrer la naissance annuelle du divin enfant. Et c'est là que le hasard commit l'impair de Noël, car le 25 décembre est aussi la date anniversaire de la disparition de Charles Chaplin, plus connu sous le so-briquet de feu Charlie... enfin Charlot quoi. Non mais Ch'Arllo quoi !! Oui, si t'as des cheveux : Charlie shampouine...

Alors, même si on connaît Charlie par cœur, il me semblait essentiel, ou essencieux pour ceux qui aiment employer des pluriels un peu singuliers, de rendre un bien belge hommage tardif au Charlot Roi, qui fut cet inoubliable dictateur que le passage au parlant n'a pas pour autant rendu dict-aphone. N'étant pas du genre à me voiler la farce, je décidai donc de me rendre à Vevey, où Charles laissa *veuve-et* orphelin après avoir filé en Suisse à l'époque où MacCarthyGuetta.

Arrivé sur la place de l'église, une vieille femme au physique très pieux, comme une tête de litnote…, m'informa que pour rencontrer Chaplin et sa sœur Janis, il me fallait marcher aux puces où Charlie chine. Ce que je fis, croisant en chemin un Laurel pas très hardy, voire même un Laurel bancal.

Après un moment je me retrouve face à Charlot, *quasi-guéri*, que je salue d'un « Gad To See You ». Très en forme, c'est un Charlot du feu de Dieu, qui pour me saluer à son tour lâche le gamin qu'il tenait par le bras, laissant ainsi le Kid mains libres.

Souhaitant ne pas lui tenir la rampe plus longtemps, je décidai de reprendre la route pour rejoindre les lumières de la ville, comme lui si-fier, non sans lui avoir fait part de tout mon admirage, c'est une admiration qui n'en croit pas ses yeux.

Modestement, humblement, avec son chapeau mais sans melon, il me répond avoir simplement réussi à trouver sa voie à une époque où le cinéma muait…

Nelson Mandela

Alors, il y a de grandes chances pour que vous le sachiez, voire même que vous le sa-chiez partout s'agissant d'un événement mondial, mais le 5 décembre dernier Nelson Mandela nous quittait à 95 ans, l'âge d'oraison... laissant orpheline sa nation arc-en-ciel pour devenir monarque en cieux.

Je me suis donc apprêté pour Pretoria afin de rendre hommage au symbole, ou à la cymbale si on veut le faire en musique, à celui qui s'est battu pour défendre les droits au logement, qui se dit appart-aide en afrikaans, ou encore apartheid-lapidus en latin.

Arrivé au firpapa, c'est comme au firmament mais pour les grands hommes, je suis accueilli à ma grande surprise par Jean-Paul II qui se propose de me servir de Google-Pap' afin de me guider dans ce havre de paix à bord de sa voiture.

Mais à peine avions-nous démarré que *mon-pontif-il-cale* ! Nous nous rabattîmes alors à brides rabattues sur un 4×4 royal, la Jeep « six king », qui nous mena jusqu'au seuil de Madiba, surnommé *Madiba-de-laine* grâce à sa douceur.

Une fois arrivé, je Nel'son le glas me demandant si Mand'ela. Où ça ?! Ben là, je viens de vous le dire !... Après avoir montré patte blanche je retrouvai alors avec émotion le Mandela day... grands jours. Il était vêtu de son costume de *lin, seul*, visiblement apaisé d'avoir trouvé sa place au paradis blanc... et pas radis noir, ça navet... rien à voir !

Apprenant que je viens du Nord, et que *par tous les chemins j'y reviendrai*, il me propose de découvrir la frite du Sud, mais comme j'avais déjà pris un *asseeeeez bon en-cas*, un ghetto à la crème, je refusai poliment et enchaînai, oui je me sentais libre, en lui demandant ce que ça lui faisait de vivre si loin de tout et surtout de Tutu, son copain Desmond. Il me répondit ne pas se sentir aussi seul que cela. Il est vrai que Nelson, son-fort c'est de savoir s'entourer.

J'évoque ensuite sa détention. Le sourire aux dents, signe de sagesse, il m'avoue qu'à force de manier l'amour noir, il s'est retrouvé en taule pendant vingt-sept ans. Et bien qu'ils l'aient tanné pour avoir sa peau, il a *pris-on* mal en patience afin d'obtenir le statut de la liberté.

Lorsque j'aborde enfin les femmes de sa vie, et en particulier celle qui l'attendait derrière les barreaux, il me dit qu'avec *Winnie-lourds-sont* les regrets, car elle n'a pas toujours été sur un même pied de légalité que lui.

Regardant alors sa montre, il peste et me dit qu'il ne peut guère m'en dire plus car il est à la Boer. Ben oui, étonnamment, depuis qu'il a rendu *l'âme-il-râle-Nelson* !

Alors, même si cette rencontre n'avait pas de prix, c'est sur Nobel paroles que je quittai, très ému, l'homme du cap et de paix par un « Yes, We Afri-Can ! ».

Mime Marceau

Invité : Jean-Pierre Raffarin

Alors, vous le savez peut-Hêtre, ou peut-Chêne si vous préférez jouer dans la cour des *glands*, mais depuis la rentrée de septembre, c'est sans vice mais vers ça que je me dirige, à savoir tenter de ressusciter nos chers disparus en prodiguant des *messages* cardiaques, traitant ainsi les maux par les mots, même si *la-mort-agit* à terme…

Mais si j'ai valeureusement répondu présent chaque dimanche à cette mission qui m'incombait, *m'incombait elle danse tous les soirs*… Un Raffa'rin déjà entonné mais dont Jean-Pierre pas une miette… Bref, je dois bien avouer qu'au niveau de l'inspiration des expirations, ce mois de mars n'est pas très lumineux… un mars à l'ombre qui se réduit à peu de chagrin. Ben oui, il y a *défunts* de mois difficiles pour tout le monde.

Essayant alors d'évacuer les idées noires de ma page blanche, je décidai de me mettre un bon coup de pied aux fesses, de me remonter les hanches, c'est plus facile pour prendre les jambes à son cou… et de partir à la rencontre du mime Marceau, de son petit nom *Marcel-car-né* le 22 mars, il aurait fêté ses 91 ans s'il n'était désormais redevenu un Enfant du Paradis. J'enfilai alors, non pas ce bon vieux Marcel, mais mon plus beau collant pour me présenter à Marceau, qui, mime de rien, a beaucoup fait parler de lui.

Comme je ne suis pas né de la dernière pluie, et non l'averse, je débarquai donc les mains vides, car pour un mime, ou pour un non, c'est le geste qui compte. Une fois arrivé devant la porte *matante*, c'est comme une porte battante, mais qui a perdu une bataille, je suis accueilli par la-fille Marceau, tellement surprise de me voir qu'elle Lambert ses moyens, et qui m'invite à rejoindre ses parents occupés à déjeuner dans la *mezzamime* autour d'une mim'olette et d'un bavard-roi. Grimpant alors les escaliers pentus afin de les retrouver, remontant donc la pente aux mimes, je me retrouve assis à leurs côtés, plongé dans le silence des amants.

Mime Marceau

Après un certain temps à ne rien dire, c'est dire si j'avais le temps de parler pour ne rien faire, je me permis de briser la glace, entraînant alors des *bris de mots*, que je m'empressai, sans en faire un fromage, de ramasser et de rassembler dans une *phrase* d'approche. A peine *j'm'y mets* que Marcel *silence* le premier en m'expliquant qu'on s'exprime parfois plus dans une phrase sans mots qu'avec cent mots par phrase, car ces cent mots sont vains sans sens ! Il poursuit en joignant le geste à... ben, à rien, et en deux temps et surtout trois mouvements, me précise que s'il s'est construit un *destin à mimer*, c'est pour avoir la vie éternelle, car on ne s'éteint jamais quand on est un mime mortel...

Même si je ne pige absolument rien à ce qu'il vient de me raconter, *je fais mime* d'avoir compris, mais réalisant à mon air déconfit que je suis totalement sourd, et surtout aveugle, à la poésie que son langage dessine, il se propose de m'initier en m'offrant, non pas un canapé, mais un *des CD* où il interprète ses meilleurs Marceau, comme « Laisse-moi mimer », en solo avec Mike Brant, qui a lui aussi brassé pas mal d'air sur la fin, « Kiss Mime », ça c'est Jérôme, sans oublier bien sûr une bonne partie du répertoire de Véronique *Sans son...*

Gêné, je refuse poliment en refusant poliment, c'est dire si j'ai été poli. Il prend alors congé de moi car sa femme, très excitée, a promis à Marcel-deux-saillies... Visiblement il chauffe Marcel donc je le laisse s'en retourner franchir le murmure du son, non sans lui exprimer mon regret de devoir le quitter si tôt, car j'aurais aimé qu'il soit le *Marceau-puis-l'ami*, mais pas queue...

Touché, le *mime-y m'a-dit*, sans me prendre de haut quoi..., que la prochaine fois que je n'ai rien à dire, mieux vaut que je la ferme avant de l'ouvrir.

En même temps ça m'arrange d'écrire pour ne rien dire, ça m'aurait embêté d'avoir un texte sans silence, enfin sans « Chut ! »...

La météo au « Grand Journal[1] »

Alors, vous l'aurez peut-être remarqué, ou peut-être pas si vous regardez la radio... mais je ne suis pas du tout Doria, ni son frère Dario ou sa sœur Dariette. Ce qui est somme toute assez logique puisque nous n'avons pas la même mère, ni la même paire !...

Alors, j'entends déjà la question qui vous brûle les lièvres, c'est ce qu'on dit quand on pose un lapin : « Eh, la Miss, mais t'es où ?! » Eh bien, fort de son succès, ou Fort de France si vous êtes en compagnie de créoles, et malgré la gloire qui l'auréole parce qu'elle le vaut bien, Doria n'a pas été débauchée par la concurrence.

On l'a bien vue sortir du studio avant que Catherine l'aborde mais sans plus.

1. Chronique extraite de l'émission « Le Grand Journal », Canal+.

Du coup pour pallier son absence, bien que j'habite de plain-pied, j'ai reçu un appel de Dieu... enfin d'Antoine, ce qui équivaut peu ou prou à la même chose, enfin surtout proue si on veut faire le marin sur le lac de Caunes, me demandant de remplacer Doria au pied levé. J'ai finalement gardé les pieds sur terre, c'était plus facile pour venir.

Alors, comme il y a un début à tout, une fin à rien, ou une fin-à-ri pour ceux qui veulent aller plus vite, je vais tâcher, non pas ma chemise, mais d'assurer l'intérim de la-belle de qualité, tout en étant conséquent. Surtout séquent d'ailleurs : « Séquent qu'on mange ? », « Séquent qu'on s'en va ? », « Séquent qu'il va enfin nous parler de la pluie et du beau temps ? »...

Alors ce week-end, ou fin de semaine pour ceux qui regardent cette émission en VF, il fera sec et pluvieux avec des risques de températures variables ici ou là... Surtout là d'ailleurs, mais c'est pas très grave puisque vous êtes ici ! Pour nos amis d'outre-mer, c'est pareil mais plus loin ! Pour ceux d'outre-Quiévrain, c'est moins loin mais plus plat, et pour ceux d'outre-tombe, le temps s'est arrêté donc il y a peu de chances qu'il se découvre.

Bien… il est temps pour moi de faire l'éclipse. Je vous laisse donc avec Antoine à la barre pour la suite du festival de Caunes…

Et à ceux qui au nom de Doria s'écrieraient : « Touche pas à son poste ! », je répondrai simplement : « Tillier, et surtout t'y restes ! »

Arthur Miller

Invité : Jean-Claude Gaudin

Après ma parenthèse inattendue de la semaine dernière, j'amorce ce dimanche un retour en grandes pompes, funèbres, car aujourd'hui ça fait trente-neuf ans que Pierre Dac s'en est allé rejoindre, à la maison d'Blanche, *son-Francis-co-*auteur, qui au Paradis l'attend. Mais vous êtes sans doute trop jeunes pour l'avoir connu, ou sûrement trop vieux pour vous en souvenir, car à une époque où *ça-vanne* à tout crin, l'héritage de Dac tarit… Je me suis donc rabattu sur un autre homme de lettres, parce que demain, l'ex-époux-poupidou de Marilyn Monroe tirait sa révérence. Très *rence* d'ailleurs puisque Arthur, Miller de rien, nous quittait il y a neuf ans.

Alors comme tout est permis avec Arthur, j'en profitai pour lui demander de me mettre des étoiles plein les cieux en allant à Hollywood rencontrer les mecs du cinéma, et Marilyn en particulier car je voulais rendre un vibrant hommage au sex-appeal, ou sex-à-poils si les piles sont plates, de celle qui fut la maîtresse de toute une époque. Eh oui, elle s'est tapé tout le gratin, en passant-d'Yves aux gens bons… Mais là je vous parle de Montand, que les moins de 20 ans peuvent ne pas connaître…

Bref, pensant y aller en métro Goldwin, Miller sort alors sa Ford Coppola décapotable et nous emmène en direction de la cité des anges, sous la pluie. Du coup il Truman Capote, et quelques heures plus tard nous arrivons sur le wok of Fame du Chinese Theater de Los Angeles.

Une fois sur le tapis rouge, Arthur m'abandonne aux bons soins de Natalie Wood-Baker, la cousine de Marilyn. J'ai beau crier : « Allez, venez, Miller ! », il s'éclipse, et c'est donc avec Natalie, qui me servait de guide, que je rejoins la table d'honneur où *dîne Martin*. Non loin de là, *James dîne* aussi, mais sous le porche… Du coup, Nat, qui m'colle, préfère m'emmener en cuisine, où parrain heureux hasard, nous découvrons Marlon Brando occupé à cuisiner des spécialités hollywoodiennes, *de l'os-en-gelée* et une Brando de morue.

A la fin du repas, entre la poire et le désir, je rejoins enfin Marilyn au bar, biturée… Dents blanches ou d'em-blée, si on préfère les céréales… elle me présente à Billy Wilder pendant qu'au loin je vois Roger Moore de rire, car Tony Curtis amicalement s'vautre. Je reconnais aussi Jack Lemmon, qui, pressé, nous fait un zeste de la main. Grand Seigneur, et surtout parce que c'est gratos, je commande alors à boire pour tout le monde. Pour Billy-Gin, et pour Norma-Gin aussi, normal. Là, entre ses deux Golden Globes, Marilyn évoque ses partenaires : de Robert Mitchum à tes souhaits…, à John Huston, avec qui elle a eu un problème. J'enchaîne ensuite sur JFK. Silence. Kennedy mot consent… Après un temps de réflexion, puis un deuxième, puis un troisième… Bref, après sept temps de réflexion : « *J'm' en fich'd'Gerald* » qu'elle me dit, rajoutant qu'à toute chose Miller est bon car son cœur batte toujours pour Joe DiMaggio, un champion de baise, ball comme tout. Lorsque je lui demande de m'en parler, elle ne pipe mot car « Joe-a-dit-faut-s'taire »…

Soudain mél-alcoolique, bourrée de mélancolie quoi, elle me confie que la mort n'a pas apaisé son mal de vivre, et qu'aux grands maux *les vieux rhums aident*.

Alors que la légende-ère comme une âme en peine, je vois-Arthur s'approcher. La sentant lasse, sentencieux l'enlace et disparassent…

A les voir ainsi, je me dis que les deux amants sont éternels et qu'à cet instant Marilyn est bien la Vénus de Miller.

François Mitterrand

Invité : Gadh Charbit

Alors vous le savez sans doute mais samedi prochain, François Mitterrand aurait essoufflé ses 97 bougies s'il n'avait eu la mauvaise inspiration d'expirer.

Bien qu'apolitique, voire apo-catalitique vu tout l'air que je brasse, je décidai d'aller à la rencontre de feu le Président afin de lui souhaiter un joyeux anniversaire, ou happy birth*dead* Mister President, Pompom Pidou… Je me rendis donc à Jarnac où François est désormais Mitterrenterré sur ses terres de circonstances, et où il aime à se reposer depuis qu'il a passé l'âme à gauche.

Pour ce faire, je pris place à bord d'un avion affrété par l'aile gauche du parti socialiste, mais n'ayant pas l'aile droite avec nous, oui c'était un appareil en PS détachées, nous tournâmes en rond autour du pot aux roses. Oui, on était dans le Pétain.

Essayant alors de tuer le temps, mais n'étant pas armé, je me mis à parler avec ma voisine Elizabeth Tessier, qui à l'époque faisait un peu, beaucoup, à la folie et puis plus du tout le je t'aime-astral du Président. Et bien qu'elle lisait l'avenir, elle n'avait vu aucun signe du *cancer* avant que les médecins ne *s'agitèrent*. A sa décharge, à l'époque déjà sur le diagnostic, les pros s'tataient…

Comprenant que l'avenir appartient à ceux qui se lèvent…, je décide de la laisser en plan et vais m'asseoir sur une place, rouge, qui était vide afin de profiter du voyage pour rédiger cette chronique. Mon ordinateur ayant rendu l'âme, je demandai alors à mon voisin Georges de me prêter le sien. Bien m'en prit car le PC de Georges marchait. J'étais heureux d'avoir pu travailler en vol. Oui, heureux qui communiste, j'avais fait un beau voyage…

Une fois atterri, un guide très spirituel vint m'accueillir, il avait un joli nom mon guide, *Attali…*, et m'invita à monter sur sa Harlem Davidson afin de m'emmener auprès du Président.

Me rendant compte rapidement que le Sherpa à grand-chose, je dis à Attali « Bye ! », et continuai à pied. Quelques minutes de marche plus tard, une voiture vint alors à ma hauteur. Je reconnu Mazarine qui m'invita à monter à bord de sa Pingeot.

Après quelques kilomètres de route, je me retrouvai enfin avec le Président à l'endroit précis où il m'avait filé un Rocard. Une sorte d'enclos où il aime à s'occuper de ses poules et recevoir ses invités. Une table y était dressée, avec au milieu un joli Bousquet de roses. C'est donc dans l'enclos-de-François, *ce lundi au soleil*, que nous déjeunâmes en paix.

Pendant qu'on nous sert une salade de Cresson, qu'il a toujours du mal à avaler, je lui demande s'il est encore à l'écoute de l'Elysée... En guise de réponse, d'un mouvement de genoux, il hausse les épaules. Oui, la question l'a un peu tendu...

Evoquant ensuite son parcours politique depuis ce 10 mai 1981 où il faisait face à son d'Estaing, j'aborde la peine capitale. Lui qui a un avis tranché sur le sujet me répond que s'il a aboli la peine de mort, c'est précisément pour que sa mort ne fasse pas de peine. J'évoque ensuite ses grandes réalisations architecturales, la Pyramide du Louvre, la Défense, qui lui a valu tant d'attaques, la Bibliothèque nationale… Il prend alors un air à Musée et me fait comprendre qu'il est temps de prendre congé car il a rendez-vous avec Jean-Edern. Je m'étonne de le savoir désormais avec Jean-Edern allié, mais il m'avoue qu'ici le temps est trop long pour se faire des ennemis, et qu'il a de toute façon épuisé son forfait inimitiés.

Le promeneur du Champ-de-Mars s'en va alors au chant du cygne, marchant vers son horizon funèbre, serein. Oui, là-bas, il l'est devenu, à force, tranquille…

Napoléon

Invité : Jean-Christophe Cambadélis

Alors je m'avance peut-être, du coup je vais un peu reculer afin d'éviter d'arriver trop tôt où je voulais en venir, mais il y a trois jours, soit le 1er mai selon les manifestants ou 7 décembre selon la police, ça fait pile vingt ans qu'Ayrton Senna… n'a pas réussi à piler justement.

Se retrouvant, ainsi soit-il, en pâle position, il mit un frein à sa carrière, et tel un pilote décès rallia la piste aux étoiles où Fan-*gio'est-star* et où Gilles Villeneuve, qui avait *niqué Lauda*, compte les trophées *qu'a conquit-son-Jacques*, son fils.

Mais depuis il est retiré des voitures, il ne la fait plus *Jacques la fête*…

Bien qu'ils disaient les *gens allez-y*, je restai Lotus et bouche cousue car le c'*arton d'Senna* m'empêchait de faire son portrait craché, lui s'étant chargé de cracher son portrait tout seul... Afin de ne pas rester sur ma F1, je décidai donc d'abandonner le Senna et toute cette assemblée. Changeant alors de formule, je n'eus pas le temps de psychoter car le 6 mai prochain c'est justement la date anniversaire de Sigmund Freud, fils de Cinqmund Freud et père de Septmund Freud, son psy bonhomme...

Souhaitant rencontrer ce psy très-coté avec qui je voulais avoir maille à partir, je demandai à d'Œdipe qui se trouvaient près d'un complexe de m'indiquer son cabinet, car avec une forte envie de penser, j'étais à deux doigts de faire surmoi... Arrivé sur place, je suis accueilli par Jacques Lacan, son fils psyrituel, qui m'informe d'emblée que le psy-cause plus beaucoup en ce moment car les critiques de *Michel-on-fait* bien des ravages, à tel que point que ses discours denses ont poussé *Freud à s'taire.*

Analysant rapidement la situation, je compris que ma chronique allait de mal en psy... mais comme Jacques est toujours Lacan on en a besoin, il se proposa alors de remplacer Sigmund séance tenante. Ne souhaitant pas me mettre à nu pour parler avec Lacan de naturisme, je remis ma tête dans les bios et jetai alors mon dévelu, j'avais pas eu le temps de me raser, sur Napoléon Ier, ou Bonaparte pour les fans de Stéphane Plaza, ou encore NapoLéon de Bruxelles, si on parle restauration.

Muni d'un ticket valide pour les Invalides, allez comprendre, je m'en allai sous le dôme afin de rencontrer le grand homme. Mais, sur place, c'est sur un Denis, grognard, que je tombai et non sur le tombeau que je tomba. N'apô d'Léon ? lui demandai-je alors. L'ayant mis la prusse à l'oreille, Denis me mena, ou me menu si on a la carte, dans la cour d'honneur où Napoléon y trône et fait les cent pas. Afin de faire le sympa moi aussi, je le rejoins, accompagnant ainsi la marche de l'Empereur qui se lançait d'emblée dans un one-manchot, trop heureux de retrouver un peu de compagnie.

Tout en marchant, il me confie que désormais il bataille contre l'ennui depuis qu'Iéna rien à foutre, et que pour retrouver les parfums de naguère il lui arrive de sniffer de l'Arcole... Alors qu'il m'ouvre de plus en plus son cœur, je lui demande de le refermer aussitôt car c'est plus propre au figuré, et l'invite plutôt à me parler de Joséphine, son ange gardien, figure majeure de l'ère *napoléonaine*...

Emu aux armes, Napoléon, Bonap' si vous êtes à table, m'explique alors qu'il s'est éloigné de Joséphine, à qui il doit son bicorne, car avec lui elle n'aimait pas faire *zizi, l'impératrice*...

Embarrassé, je crois que je venais de toucher un Corse sensible, je tente de lui remonter le moral en lui rappelant que s'il est sorti hagard d'Austerlitz, il a quand même gagné l'Eurovision avec Waterloo... mais il Abba compris...

Craignant que je ne pourrais rien en tirer, j'essaie une dernière fois de lui faire vider son sacre en lui demandant ce qu'il pense de la France d'aujourd'hui. Mais très at-teint malgré ses lauriers, il me confie que son état Empire et qu'il lui faut à présent retourner reposer en paix après avoir avalé Wagram de Lexomil.

Nostradamus

Invité : Jean-François Kahn

Peut-être que vous le saviez-Bertrand, mais si vous ne le saviez pas il est préférable que vous le sachiez, ou que vous le sachet si vous voulez emporter cette information avec vous, mais il y a quatre cent quarante-huit ans, soit un sacré bout de temps, et un sacré temps debout pour ceux qui ont laissé au Père la chaise, Michel de Nostredame, dit Nostradamus pour les plus latins d'entre nous, ou NostrAdamo pour les plus mélomanes, a fini par s'éteindre afin de trouver la lumière, allez comprendre, après avoir dit tout et n'importe quoi et surtout prédit tout nous laissant complètement coi…

Alors, comme on ne sait pas de quoi demain sera fait, sauf si on s'est posé la question hier, je voulais prophéter de cette dernière chronique pour parler une fois encore dans le poste et dans le mortem. Je me suis donc dis, donc dis, donc ding dong, ding dong…, oui, je sais, j'ai l'air un peu cloche, mais je me suis donc dis que *c'était-là*, ou Cetelem si vous m'accordez encore un peu de crédit, l'occasion de tirer quelques plans, non pas à Troyes, mais sur la comète avant de m'en Halley.

L'avenir appartenant à ceux qui se lèvent… qui se lèvent… déjà c'est bien, je partis rencontrer Nostradamus dans son fief, c'est toujours mieux d'avoir un peu de fief pour prendre la température, de Salon-de-Provence, baptisé ainsi car il y tient salon, et Provence car il y tient… beaucoup, ce qui me permit de faire d'une pièce deux culs, expression bien connue pour ceux qui professent à l'air.

Arrivé devant son humble demeure, la Nostradam'house, je vais pour frapper à la porte, mais ayant prédit que je viendrais chez lui, il l'ouvre avant même que je ne puisse retenir mon geste. Du coup je lui colle un pain, non pas au chocolat, mais au pif, faisant ainsi passer le voyant au rouge. Vite rétabli, oui, avec le temps ma façon d'apaiser rapidement *les morts-agit*, il m'invite à le suivre dans son boudoir décoré par son épouse Valérie

Nostra-Damidot, elle aussi est très voyante…, et après m'avoir offert un café et un petit morceau de sucre de Jean-François…, du sucre de Kahn, quoi… enfin une sucrette d'apothicaire…, il m'invite à m'asseoir pour tailler le bout… de gras, preuve qu'une ponctuation mal placée peut parfois prêter à contusion. Face au mage, j'en profite pour lui demander d'évoquer à présent mon futur retour, mais ne voyant pas où je veux en venir il me demande pourquoi je suis passé. Comme nous avons visiblement beaucoup de mal à conjuguer nos emplois des temps, je lui explique que j'ai commencé mes chroniques par un « Retour vers le Futur », et qu'il me semblait donc logique de boucler la boucle, avant de la boucler…

En gros je lui demandais une prédiction.

Me ressortant alors ses vieilles paraboles pour m'exposer ses télé-visions, il en appelle à Dieu, même si ce n'est qu'un au revoir, puis se rabat finalement sur sa femme car la *Déesse-elle*, capte mieux !… Le regard sombre, mais quand même un peu illuminé, Nostrad-s'amuse alors à prédire l'avenir du « Supplément ». Il y voit le meilleur pour toute cette équipe avec qui j'ai passé deux années sublimes ; le prestige pour Maïtena dans ses nouvelles fonctions de première dame de France, ça finira bien par lui tomber dessus…, beaucoup de succès pour Cyril en tant que ministre de la Démence, plein de bonheur à Raphaëlle qui va se marier avec un célèbre chanteur rwandais et devenir ainsi Raphaëlle Baillot-Corneille, et puis un prix Goncourt pour Guillaume grâce à son roman « L'Henette de mon moulin »... Eh oui, ainsi *causa-Nostra*-Damus... Mais quand je lui fais remarquer que c'est un peu n'importe quoi de prendre ces prophéties pour des lanternes, il considère ça comme un signe de mauvaise volonté et décide de mettre un terme astral à notre discussion.

J'aurai pourtant tout Tessiier...

Et voilà... pendant que je me dirige vers la sortie de cette émission reconduite à la rentrée, le très pro-ducteur du « Supplément », Laurent Bon, qui m'a rendu meilleur et que je reconnais Autret..., m'annonce que pour clôturer ma période décès, je me verrai offrir un « prime » de départ.

Ce sera là une belle occasion de vous remercier tous et de vous saluer une dernière fois avant le générique défunt...

Le Père Noël

Alors, vous ne le savez sûrement pas pour la simple et bonne raison que je viens de l'inventer, mais après avoir payé mon tribut à Mandela, ou avoir Mandela-dition si on veut se conformer à la restorique du jour, j'ai souhaité évoquer l'un ou l'autre Maître Queue, avec vous et avec Maïté-là…

Afin de vérifier si on peut se faire Maître facilement, je me rendis dans les cuisines d'un grand restaurant, où Guy trouva *sa-voie*, dans le but de rencontrer le grand chef Ducasse Alain-proviste. Ducasse du siècle s'entend qui à force de décrocher les étoiles va un jour finir gastronaute. Ducasse qui n'est pas du genre à ménager ses visiteurs puisqu'en plein coup de feu je fus accueilli par un tonitruant « Ducasse'toi, pauv'con ! ».

Ce que je fis bien volontiers, n'ayant pas du tout envie que ça Masterchauffe entre nous.

Me revint alors à l'esprit que le 25 décembre, décembre à coucher pour ceux qui aiment faire la grasse mat', n'était pas qu'un jour de lendemain de cuite, mais surtout le jour de Noël. Du coup, je profitai du temps qui m'était avendu, ou alloué si vous avez un budget serré, pour chausser mes *Alain Mimoun-boots* et rejoindre la Laponie au pas de course, ou *au pas-Winfrey* si vous êtes américain, ou au pas Line si vous roulez en Renaud, afin de retrouver le Père Noël.

Au terme d'un voyage de six jours et une nuit, j'arrive au seuil de la maison de Santa Claus, l'époux de Santa Barbara, où une vieille femme, sûrement lapone du curé, m'informe que même s'il est joyeux Noël à l'idée de me rencontrer, il est trop occupé pour me recevoir car c'est la hotte saison. Tentant quand même le coup, je tape à l'intersonne, puis phone à la grille, ou l'inverse, et crie très fort « Où t'es ?! Papa, où t'es ?! », car même si mes papilles font de la résistance j'avais quand même l'eStromae dans les talons…

La porte s'ouvre. Comme l'occasion fait le marron et que j'étais glacé, je pénètre dans ce qui s'apparente à une auberge de Genèse, et où dans la salle à manger se dressent les-tables, remplies de convives et de vifs cons. C'est pas pour rien qu'on a les boules à Noël... Passe alors une serveuse, qui avait un très *beau-cuse*... que j'attrape au vol et au vent pour lui demander de parcourir la carte du soir par curiosité. Au menu : entrecôte de bœuf cairotte, une spécialité égyptienne, servie avec sa Rémy Julienne de légumes en cascade. Le tout accompagné d'un grand cru bordé de nouilles. Dans la foulée, la serveuse, qui porte également un ravissant carré Hermé autour du cou, m'apprend qu'en cuisine c'est un peu le Combat des chefs car certains ont été retoqués alors que d'autres ne sont simplement pas venus. L'un des Troisgros est parti faire son Fooding et Alain Passard a préféré s'adonner à sa passion : l'Arpège à la ligne, pendant qu'Hélène Darroze les plantes de son Vergé.

Je me dirige ensuite vers le patio du Christ, où j'aperçois le Pernaut..., tout court. Pendant que Madame Pernaut-elle, *traîne-au* salon, Jean-Pierre me demande avec des 13 heures de précaution d'éviter de parler trop fort afin de ne pas importuner la Marie accouche-toi-là...

Effectivement, plus loin sur la paille, je reconnais Francis et Frank, Lalânne et Lebœuf, ainsi que Sophia Le Renne, occupés à brouter en attendant l'heureux avènement du nouveau chef étoilé.

Le Père Noël

Comprenant qu'en cette avant-veille de fin de l'avent, au quasi début de l'après, enfin maintenant quoi je n'avais plus grand-chose à faire là, je sortis avant même d'avoir pu prendre une entrée afin de commander un taxi-renne. Vu l'heure tardive, je priai pour que mon renne arrive, que ma volonté soit fête. C'est alors que pas moins de six rennes de police débarquent à vive allure afin de me déposer chez moi, dans le Quartier lutin.

Sur la route, alors que le jour se lève, je ne peux m'empêcher de boire le rosé du matin à votre santé et à cette année formidable passée en votre compagnie.

Pablo Picasso

Invités : Elio Di Rupo, Hervé Temime

Alors je ne sais pas si vous l'avez déjà appris, mais comme tout ce qui est appris n'est plus à prendre, je me disais, ou médisais si vous pensez que j'ai le sens si vil, qu'en ce jour Di Rupo dominical il serait logique que je fasse honneur à mon voisir de droite, de gauche... Mon voisin de droite à gauche... enfin un homme politique quoi... qui, en homme poli, tique mais ne dit mot malgré cette semaine qui a vu passer larmes à gauche et sourires à droite, laissant ainsi une majorité en PS détachées.

Mais en dressant l'état d'Elio, qui en ce moment promeut Mons et ses merveilles, je constatai qu'il s'agissait bien d'un Premier ministre Vaillant, comme Michel, et non d'un dernier sinistre Maillant, comme Jacqueline. Ce qui ne veut absolument rien dire, mais qui malgré tout en dit long sur pas grand-chose.

Alors même si ELio ne compte pas pour des prunes, je m'en allai plutôt à la rencontre de Picasso, fils de Xsara, car le 8 avril prochain cela fera près de quarante ans que Pablo est trépassé d'une période bleue, cubique, à une période sombre plus rectangulaire… Afin de retrouver l'étoile du maître, je me rendis auprès de Picassine, c'est sa cousine, oui Pablo est es'pagnol-breton… mais tombai en fait sur Goya, non pas le peintre mais Chantal, occupée à se faire tirer… le portrait, par son mari Jeannot qui *la-peint* sans dessus et surtout sans dessous. Oui, Jean-Jacques, un peu vil peint, car il aime la porter Onu.

Ne sachant pas si c'est de l'art ou du cochon, voire même du Bacon, je leur fais gentiment comprendre que je ne veux pas me mêler de leurs pinceaux, et m'en retourne vite fait, au risque de devoir tenir la chandelle pour les Debout.

Parvenant enfin aux portes de l'atelier où se tient le vernissage de Pablo, je crie à Cézanne : « Ouvre-moi ! » Mais ne sachant que faire il informa-Titien de ma requête et je patientai donc sous la pluie, qui en tombant sur la toile faisait Pollock-Pollock, ça tombait bien.

C'est alors que vint sans Van Gogh Salvador Dalí qui *demande- à-lire* mon carton d'invitation. Oui, pour *Dalí-y-à-qu'ça* de valable pour pénétrer le saint des saints. Bien que n'étant pas en tenue de Gala, j'arrive à le convaincre de me laisser passer et, une fois dans l'antre, deux tours des lieux suffisent pour me mélanger aux huiles. Traînant mon âme en peintre, je me retrouve alors près des gens DuBuffet, des arts tristes qui avalent des couleurs plutôt que de broyer du noir. Comme dirait Pierre, ça Soulages. Pendant que je goûte le pigment d'Espelette, Courbet, l'échine de porc, et Degas, des os, Miró s'lave les mains après avoir taillé une bavette en lançant : « Hmmm Chagall », même si on n'a pas le droit de citer de Marc…

Regardant autour de moi, j'observe du Klein de l'œil les toiles accrochées au mur et me dis que c'est quand même très mimi Matisse. Plus loin je remarque Andrew Wahrola, mais *on-dit-Warhol*, raconter pop-art sur pop-art à qui veut bien l'entendre, pendant que *Gauguin-ne-cause* dans son coin et que *Michel-lange* la p'tite, qui chapelle Sixtine.

C'est alors que je découvre, amusé-Picasso occupé à plaindre une femme sur son Michel Chevalet avec son Michel Fusain qu'il utilise depuis les big beaux-arts. Oui, il faut savoir que Picasso est un grand armateur de femmes qui, naguère-niqua bien des conquêtes… Et quand t'es espagnol, souvent les conquises t'adorent… Je me dirige donc vers lui et demande à *Pablo est-ce-qu'au-bar* : « On peut discuter ? » C'est à ce moment-là que son ex, Dora, triste, qui commence à en avoir Maar, me montre la sortie.

Aussitôt, René m'agrippe et me demande de ne piper mot car, quand elle se braque, Maar, faut pas trop la chauffer.

Réalisant que tout cela devenait trop surréaliste, et que surtout je n'avais Bas-quiat à foutre, je décidai de quitter les lieux, retrouvant l'Elio… afin de ne pas gouacher la soirée.

Tout ça en valait bien la pinte…

Yves Saint Laurent

Invité : Pierre Bergé

Vous le savez à coup sûr, ou à coup férir si vous êtes chatouilleux, ou acou-phène si vous vous êtes trop tapé la cloche, ou Hakuna Matata si… mba, mais le week-end dernier, à l'occasion de la galette des rois, c'était la Fève du samedi soir, avec Marius, Jeannette et *pis Fanny*… Et pis surtout depuis la fin de l'année dernière nous sommes passés au début de l'année suivante, me permettant ainsi de revenir aux prémices de l'année en cours auprès de ma blonde. Mais bon, comme j'étais déjà là avant, je ne suis pas vraiment parti, c'est dire si j'ai pas dû vous manquer !

Bref, comme il est de tradition en cette période de le faire, et repasser une couche ; en vœux-tu en voilà : bonne année ! Et sachez qu'il ne s'agit pas de vœux d'artifices.

Alors, bien que Noël soit passé, et l'heure plus vraiment aux présents, j'ai décidé d'enfiler mes apparats... chic afin de suivre à mon tour l'Etoile du Berger pour *rendre aux-mages*, non pas ce qui leur appartient, ça c'était y a quinze jours, mais hommage au Saint Laurent qui il y a cinq ans emporta dans son lit les remous d'une carrière fleuve menée à contre-courant. C'est donc Prêt-à-porter aux nues le monstre créateur, oui, le monstre ça crée... que je poursuivis mon trip à la mode en me rendant à la Fashion Week qui se tient au Grand Palais. Mais, une fois arrivé aux portes d'entrée, dont on avait protégé *toute-issue*, je dus en découdre pour me faire une place parmi l'élite. Dans la file je reconnais *Pierre-car-d'un* mot il salue Mademoiselle par un simple « Coucou, Chanel ». Plus loin, alors qu'il la dépasse d'une bonne *tête-Lapidus* salue Anna Wintour et puis s'en va, visiblement agacé par cette foule qui fait la queue, ou peut-être était-il vexé de ne pas entendre en retour un top mot-d'elle ?!

Je demande alors *à-Gianni*... Versace, mon voisin, très seyant dans son p'tit pull marine, ce qu'il faut faire pour entrer. Sans même prendre la mesure du problème, il s'en va lui aussi en me lançant un tonitruant « Courrège, fuyons ! » Je décide pour ma part de prendre mon mal en patience, et parviens malgré tout à passer par le chas de l'aiguille. Même si j'avais couru à perdre la laine, j'étais heureux de me retrouver dans le sein du Saint.

A l'intérieur, installé à la place qu'il se doit... d'honneur donc, je découvre Karl Lagerfeld assis sur un coussin germain dans l'attente de la mariée Saint Laurent. Je lui demande s'il s'agit de Laetitia, il me répond : « La Casta ? Niet », enfin pas maintenant car le mannequin-pisse...

Tout en *par-lant d'Yves* au gratin de la mode, arrive alors Louboutin mondain, qui *s'mèle* à la conversation en prédisant que, malgré cette débauche de hauts talents, les gens finiront par se lacer. Comme quoi, y a *pas-que Rabane* qui peut faire des prédictions et être à côté de ses pompes... De fil en aiguilles, je parviens enfin à pénétrer le carré Hermès VIP jusqu'à Saint Laurent. Yves de bonheur, réajustant mon petit polo, je Lacoste dans le bruit ambiant et lui propose de discuter plutôt à l'extérieur car le silence est Dior.

Quand je lui demande ce qu'il pense du film qui lui est consacré, il me répond que ce biopic épique et collector est un beau pied-de-poule, le pied de nez des couturiers... à ceux qui pensaient que c'était Niney ni à faire, et comme Jalil espère que ce sera un succès.

A ces mots, il prend congé de moi car on l'attend tailleur, me demandant simplement de passer le bonjour à ce Pierre précieux qui a toujours été là en cas de couture. Prenant exemple, je décide moi aussi de me défiler, me disant que même si le roi est mort… Yves le roi !

Jean-Paul Sartre

Invité : Cédric Naudon

Peut-être que vous l'avez su, ou la vessie si ça peut éclairer votre lanterne, mais le 15 avril prochain ça fera vingt-quatre ans que l'on reGreta Garbo, allumée suédoise qui sous les feux de la rampe finit Garbonisée.

Alors comme j'ai justement de la Suède dans les idées, j'avais *dé-cidé*, non pas sur *le saaable*… mais sur la mer Baltique, de partir à sa rencontre afin que *Garbo m'narra* ce qu'elle fut. Mais au moment de retrouver à bord tout le gratin, deux Finnois, ou fins Landais puisqu'ils me collaient aux basques, me précisèrent qu'avec le temps elle s'était un peu décatie Greta… De peur de ne pas D-Jérer la situation, je rebroussai chemin sans même faire les fjords d'essayer, et me rendis alors auprès de Jean-Paul Sartre qui lui aussi nous quittait un 15 avril. Eh oui, mardi ça fera trente-quatre ans que Jean-Paul a pris Sart'traite, passant d'agrégé de philosophie à désagrégé de l'être, et ensuite de l'être au néant-N'ayant pas l'occasion de prendre part au gâteau, je pris le gâteux à part en le rejoignant dans la faune du Flore afin d'observer comment dans son esprit ça germais-de-près.

Comme le hasard fait parfois bien des choses, il se trouve, mais encore faut-il le chercher, que le 14 avril marquera aussi la mort de sa nana, Simone, victime d'un gros coup de blues, mais dont les idées font encore jazzer. Alors on a Beau-voir un signe du destin, c'était là l'occasion de faire d'une pierre deux coups, ou deux bières d'un coup, en m'entretenant avec ce couple mythique mi-raison dans'Flore qui accueillit tant *d'amis brillants*.

A peine arrivé je tentai de m'incrustacer à la table de Simone, c'est pareil que s'incruster mais pour le bulot, et après que le serveur a mis Descartes sur table je marquai mon intérêt *manifeste pour l'e*scalope, réussissant du coup à me faire accepter sans bruncher. J'en profitai ensuite pour lui demander, alors même qu'au début de leur relation Jean-Paul et Simone s'ignoraient, comment elle avait fait pour défendre des causes éperdues, lui maniant le marteau et elle les faux-cils…

Embarrassée, elle Femen de ne pas comprendre et, sans se vexer pour autant, m'emporte sous l'auvent, où Sartre, qui après 24 heures dûment… remplies s'accorde enfin une prose bien méditée, car il aime philosopher, comme *Michel, au-frais.*

Pendant qu'on nous apporte quelques boissons sur un Platon d'argent, *Jean-Paul rouvre* alors ses yeux huis clos. Grâce à son regard affûté, enfin surtout futé, et puis surtout grâce à son strabisme, divers gens nous rejoignent, des penseurs, pour débattre le verbe tant il est chaud.

Il y a *là-Rousseau*, qui essaie de se faire oublier, et qui réussit plutôt pas mal. Camus, qui depuis que Sartre critiqua *La Peste* ne décoléra pas…

A ses côtés, Condorcet et Confucius font les cons, pendant que Michel Serres dans ses bras Pascal, comme un grand frère. Mais alors que Simone essaie de s'immiscer dans la discussion afin de laisser le deuxième sexe-primer, Aristote la prend au mot, et vire Debord… Guy ne l'entend pas de cette oreille et en fait toute une Montaigne.

Jean-Paul Sartre

Alors comme tout le monde ignore le petit théâtre de Beauvoir, Simone prend son mâle en patience avant de le prendre en grippe, et trouve en Jean-Edern l'Hallier inattendu.

Mais huée malgré tout par ses confrères qui conchient de concert cette consœur, l'icône ni soumise rend alors son sablier, car même si Simone veille encore sur le droit des femmes, elle a perdu pas mal de Beauvoir de séduction.

Comprenant qu'elle en a Diderot, ou pas assez, elle repart en voiture, Simone, vers d'autres oraisons, me disant que Sénèque un au revoir…

Eric Tabarly / Churchill

Invité : Stéphane Le Foll

Alors comme moi j'l'ai su, et que vous aussi l'savez Maria, on va pas se faire prier pour le faire savoir, mais le 14 juin prochain cela fera seize ans qu'Eric Tabarly arrêta de faire le marin après être passé par-dessus le bord de son avenir. Un fameux trauma… Après avoir subi ce revers, solitaire, il coule désormais des jours heureux au fond des eaux seyantes car il préfère *la mort en mer*, c'est juste une question de tombeau. Pour une fois que j'avais l'occasion d'attaquer un sujet de fond, je me suis donc plongé dans sa bio top pour lui faire tomber le masque et voir ainsi de quoi il avait l'air. C'est alors que je découvris, couchés sur Tabar-ly superposés, une partie de son équip'âgée.

Elle s'était échouée au sud de la barrière de corail, et non de l'autre côté, car au nord c'était les coraux… Il y avait là Magellan, Alain Colas-

Maillard, qui ne voit toujours pas où il est… et Alain Bombard qui a du mal à bomber le corse depuis qu'il a trouvé plus Cousteau que lui. Des trois Magellan avait l'air le plus paumé de la bande. Oui, largué, il en a marre d'être dans l'eau-de-là, à là…

Alors, même si l'amer tue…, c'est sans amertume que je changeai de cap, car comme aujourd'hui il ne reste plus de ces grands hommes que des eaux sur la peau à cause de l'effet mer, je n'avais plus grand-chose à en tirer. C'est alors qu'émergea de ces *flots rances*… Arthaud, qui par un heureux hasard passait dans ce texte au moment même où je ne savais plus quoi dire. Me confondant peut-être avec le *Capitaine des mots*, elle se proposa de m'embarquer à bord afin de me débarquer ensuite en Normandie, car vous le savez sûrement, et si vous ne le savez pas, je vais me faire un devoir de vous le remettre en mémoire, mais le 6 juin dernier nous célébrions les soixante-dix ans du débarquement allié, un terme qui vient du célèbre « Allié, on est arrivés !!! » que poussèrent à cœur et à cris les combattants qui mirent un terme à l'état nazi et à l'armée du salaud.

Je m'en remis donc à Flo pour quitter Eric le Breton et rejoindre Gérard le Normand en direction de *Beach, Omaha Beach*… Il était quand même fort, Alamo ! Alors comme j'ai déjà ressuscité de Gaulle, et que je n'aime pas trop me répéter en Général, je profitai de ces cérémonies, et d'une plage de libre, pour rencontrer l'ex-Premier Ministre anglais, qui *ang-lais* tout le monde d'ailleurs, je veux parler bien sûr de sir Winston Churchill, à ne pas confondre avec sir Sourire ou sir Emmanuelle, qui fut parachutée en Egypte par la Sainte-Mère-Eglise.

A peine arrivé dans cette belle région de Normandie-Savoie-Charentes-et-Foutouna, va quand même falloir s'y faire, je croise alors un moustachu tout de rouge vêtu, avec un manteau et des faux cils – oui, il a le look coco –, mais j'ai beau lui crier « Staline ! » pour qu'il revienne, il se barre Kremlin voleur ! Pas découragé pour Otan, enfin pour Onu puisque ça n'existait pas avant qu'on l'emporte, je me faufilai discrètement dans la tribune officielle pour *Churchill le garçon*, jusqu'à l'apercevoir enfin parmi les huiles.

Pas d'erreur, c'est le Sir ! M'apercevant à son tour, tout en regardant ses chaussures, des *Church's-il* me crie alors « *Come on* ! », je lui réponds en retour « *Come on* ! », nous nous rejoignons donc d'un « *Come on* » accord, puis il m'introduit, et c'est là que t'es content d'être parmi les huiles, auprès de Roosevelt, Franklin, que j'avais confondu avec Franklautre, son frère et sa sœur Franquette, qui est bien bonne. Tout en regardant passer la Royal Army parmi d'autres armées amies, je remarque que de Gaulle n'est pas là, mais quand je demande à Churchill pourquoi Charles n'a pas répondu à l'appel, je me prends un râteau. En fait, il n'a plus de nouvelles de Charlie Winston car il est un peu hobo du rouleau…

Voyant alors planer au-dessus de la plage l'ombre de la grande mouette et le cri des corps mourants, *Churchill l'icône-cannée* me confie qu'en voyant flotter le drapeau de la paix au-dessus des âmes citoyennes, il est fier qu'aujourd'hui encore ses pairs l'arborent…

Valérie Trierweiler

Invité : Manuel Valls

Alors, en ce dimanche proche de la fin des soldes, j'ai mis de côté mes défunts de série, vous évitant ainsi une chronique au rabais, afin de me plonger dans le cœur de l'actu, et non pas dans le cul de l'acteur, ça c'est le journal du hard et je ne crois pas que ça rentre dans le cadre de vos travaux, Manuel.

Car oui, vous n'êtes pas sans le savoir, et si vous l'ignorez, Mon Bel ami, je vais vous le dire en *deux mots passant*, mais depuis une semaine jour pour jour, heure pour heure et dent pour dent, François Hollande, qui comme son nom l'indique aime l'Edam et la mi-molette, l'un n'empêche pas l'autre, quoiqueue… est devenu le premier beau parti de France. Eh oui, faute d'avoir pu inverser la courbe du chaud mâle, Valérie, remerciée, a dû se résoudre à quitter le Palais-Royal et son one man chaud, bouillant même, à la suite d'un problème de domicile qu'on juge mal. Du coup, à Matignon, l'Ayrault tique à l'idée de devoir gérer ce premier sinistre.

Alors même si les histoires d'amour, et de gaule en général, finissent mal, je ne pouvais dé-*cemment*, non pas de Saint-Jean, mais décemment laisser partir l'ex-première dame-*dame des hauts* certes, mais dame qui faisait aussi débat… débat de contentieux même, puisqu'elle risque de devoir quitter le vaisseau sans gains.

Je souhaitais donc m'entretenir avec elle afin d'aborder ce qui était devenu pour Valérie un réel-thriller. Mais bien que j'aie le bras long, le bras-imovitch comme on dit en Suède, il fallut que j'la tanne pour qu'elle accepte de m'accorder un rendez-vous en terre incongrue.

C'est donc à la résidence de La Lanterne, que j'avais prise pour une vessie car elle était fermée de l'intérieur, que je retrouvai par un matin glacial, oui, ça Gayet, une Trier-vaillante… une Val buena comme on dit en cas d'hispanique à bord, alors même qu'elle se séparait des ors-et-déjà de la République.

A mon arrivée, je croise Carla Bruni-Sarkozy, qui comme elle a cherché l'époux à la tête du pouvoir. En cette veille d'éjection résidentielle, elle venait tout naturellement soutenir sa consœur, pas sourire. Une fois à l'intérieur, je découvre avec stupeur que les valets-rient d'un sourire dense... eh oui, car la feinte règne ! Perdu dans les couloirs, déambulant tel un déambul'acteur, Carla me vint en aide. Pour me guider elle tend alors le doigt... ouvre donc grand les yeux à mesure qu'elle écarte les orteils, et m'indique la direction de l'ancienne pièce maîtresse.

Derrière la porte, à ma grande surprise je découvre l'ex-première dame occupée à faire une liste de courses. Comme c'est le jour, je devine qu'elle rédige sa liste de Chandeleur en vue probablement de faire des crêpes Flamby... Je salue alors la Val, qui rit de se voir encore si belle en ce mouroir, et lui demande aussitôt si elle n'est pas trop affectée d'être devenue le sujet principal de Closerie des lits... là elle marque un temps.

Songeuse, elle se remémore avec émotion l'homme-ni-présent ni futur, mais bel et bien compassé, que même en Marcel elle a aimé.

Valérie Trierweiler

Poursuivant sa confession intime, désespérée d'un jour savoir comment *font-font les petits maris-honnêtes*, elle me dit que si aujourd'hui elle n'est plus la favorite, c'est que le changement c'est Maintenon !...

A ces mots, la première dame me ceinture, noire de colère, et me lance un tonitruant : « Corrèze, fuyons ! »

Yoko Ono / Molière

Alors cette semaine si on ne vous l'a pas dit, ou cette Chimène si on ne vous l'a Badi, ça fera treize ans que Charles Tréné est très mort et quatre-vingts ans que Yoko Ono est très née aussi, mais dans la boue, par ses détracteurs qui la voient comme l'amante religieuse qui aimait Lennon, et qui précipita selon certains et certaines, et même serre-tête pour ceux qui trouvent ça un peu tiré par les cheveux, la séparation des Beatles au terme d'un commun accord majeur.

Etant moi-même féru, non pas plantaire, mais féru de pop, pas très orthodoxe, je décidai donc de prendre la direction d'Abbey Road, ou *l'Abbé-Route* en français dans le sexe, afin de retrouver la figure charismatique des 4Garçons dans le Vent, ou charis-mythique après que Mark David Chapman eut tué sa carrière dans l'œuf... John devenant ainsi plus Fab'ergé que Fab'Four... Mais très vite *Yoko-ham'appelé* pour me dire qu'en tant que garante, enfin surtout rente de sa mémoire, elle refusait que j'aille au chevet du leadercool dont elle fut la muse. Et quand la muse-gueule, on la ramène pas. Sans crier gare, *Yoko-motive* son refus sans raison particulière, précisant que si j'insiste, j'encours des poursuites pénales *Hey-Jude-iciaires.*

En gros, *Ono-m'a-stoppé* dans mon élan. Moi qui pensais qu'elle était paci-fric, elle était surtout moins Yokonkonne qu'elle en avait l'air !...

Comprenant que je venais de perdre un Beatle mais pas la guerre, je repris donc le fil de mon inspiration un peu décousue et quittai le rock à Billy pour le baroque à Lully, car le 17 cela fera trois cent quarante et un ans, soit Michel Drucker + un trimestre, que Jean-Baptiste Poquelin, Molière du meilleur lui-même en 1622, mourut sur scène devant ses *proches-acteurs.*

Comme mieux vaut Huster que dire des conneries, même si l'un n'empêche pas l'autre, je pris donc contact avec Francis pour qu'il m'ouvre les loges funèbres de la Comédie-Française. Pénétrant dans cette vieille maison en quête de Molière, je ne pus m'empêcher de penser que certains soirs c'est ici que *l'avare-y-scelle* son destin.

Je me retrouvai alors en bonne compagnie, théâtrale, puisque entre *Racine qu'arrée*-tait pas de taper sur son Andromaque-book, Corneille qui venait justement lui présenter son Cid Web, et Nicolas Boileau qui de La Fontaine buvait les paroles, à moins que ce ne soit l'inverse, je pus approcher le *Molière* d'entre tous, *maître et-talent* de l'écriture qui avait fini par trouver censure à ses pieds, chaussés de mots-cassés…

Laissant Francis à ce plateau de *rauques-et-forts* sociétaires, j'allai aussitôt demander à JB, qui lui avait le teint pur/mate, oui, on aurait dit que Mo-*lière encore avait vingt ans*, quel était son secret pour avoir ainsi accouché de tant de chefs-d'œuvre avant qu'il ait *péri-du-râle.*

Peu *avare* de conseils, tout en me servant un thé avec Alceste de citron, il me répond que c'est simplement parce qu'il a toujours privilégié *l'art pas-con* à la tartufferie, ou à la tartiflette si vous voulez suivre *sa-voie*, menant le tout dans une vie très scène.

Ebloui par l'illustre, je lui confie alors modestement que moi aussi j'écris *des ballades imaginaires*, le dimanche. De *Clémentes Poésies* en quelque sorte… « Alors, récite-moi donc quelques *Alexandrins-l'ami* », me demande-t-il sous les yeux des *gens-du-jardin* plantés côté cour.

Je marque donc une prose et, après une grande inspiration, enfin façon de parler, lui offre un dernier *vers* pour sa tournée d'adieu, car même pour ce *père-à-comiques*, si l'amour est enfant de bohème, pour lui la mort est en fin de poème…

Dernière - Raymond Devos[1]

Invité : Dany Boon

Vous ne le savez sûrement pas, et si vous le saviez vous auriez pu me le faire savoir après tout ce que j'ai su pour vous, mais en ce jour de la Saint-Jean, j'arrête de bûcher sur feux nos chers disparus, de construire des monuments aux mots, et tire donc mon dernier juin, mon dernier mois avec toi, marquant ainsi la fin d'une formidable aventure, le début d'une après-ture et une nouvelle devanture pour ceux qui voudraient faire dans le détail.

Bien sûr, j'aurais pu continuer pour un oui ou pour un an, mais comme toute chose a une fin et avant que cette fin ne me rende tout chose, je

1. Dernière chronique sur Canal+ extraite de l'émission « De Groodt, une fois ! », Canal+.

vais clore, comme Javel intention de le faire, en saluant la mémoire vive de Raymond, non pas Domenech, qui est encore très vert malgré son passage en bleu, ni de Raymond Barre, qui a été très bleu avant de passer aux vers, ni même de Raymond Bedos, qui n'est pas le père du fils de cet esprit, mais bien de Raymond Devos, l'amant des mots dits, des mots lus, et d'émoluments aussi, car tout travail mérite salaire…

Ce plateau s'étant naturellement transformé en une sorte de forum de Devos, je n'ai pas dû aller bien loin pour faire avec Raymond un point carré, pour la forme… sur l'amer du mot, la mort de l'air, la mère d'Adamo… comment va-t-elle ?! Bref, faire un point sur l'amour dément des mots. L'amour avec un grand « L », comme dans Jean-François…, car Raymond fut cet acrobate, clown, musicien, acrocien, musiclown, musiclette en bicyclone…, auteur et décompositeur de phrases qu'il portait amusé, ouvrez le Guimet… sur des portées à musique, jouant de la syntaxe comme du synthé, et du synthé comme une cymbale, jusqu'à ce que la mélodie elle sonne, comme disait Gainsbourg, qui lui aussi « sergeait » la note juste. Ou « cherchait » pour ceux qui s'appellent Cherche. Comme dans « Cherche Lama pour voir si j'y suis », par exemple…

Quelle formidable fête cela fut de jouer en votre compagnie au chat et au sourire avec cette soutenable légèreté des lettres... si personne la comprend on la Kundera au montage... Triturer ces lettres, les malaxer, les assembler pour en faire un mot. L'accoucher ensuite sur le papier, glosser, et lui donner sens, unique, interdit, le mettre à l'endroit, à l'envers, à l'envi, Alain Prost, histoire de trouver la bonne Formule... le polir, l'impolir, pour enfin lui faire prendre la prose. Mot Dieu comme ce fut bon ! A force de me prendre au jeu, puis de me prendre aux mots, puis de me prendre la tête, ben je me suis pris des maux de tête forcément. En même temps, j'en ai toujours eu, ça remonte à mon père qui a misgraine... et à mes pairs qui ont migrés vers le plaisir de cette écriture libre et joyeuse, sérieusement absurde.

Je pense à Pierre, qui même éloigné fait partie *des-proches*, et m'a aidé à bâtir *l'édi-fice-spirituel*, à Coluche dont on mesure encore aujourd'hui les *restants du cœur*, et puis je pense à mon ami Dany avec qui j'ai fait un bout de chemin – *court mais trash.* Toujours là pour me conseiller : « *Fais pas chti Fais pachta...* », et avec le sourire en prime, car jamais Dan y boude. Y a lui, Yaël, et puis les autres... Chers compères et commères, comparses et complices de mes complots, ou de mes compotes pour ceux qui m'ont Materné, pointures en tout genre, maîtres des *mots-cassés*, vous avez eu le haut talent de m'en prêter pour ces rendus et m'avez inspiré sans jamais m'aspirer. Je retiens votre souffle et respire aujourd'hui cet air de circonstance, ce courant d'art, qui m'enivre de bonne-heure et me fait parler comme je l'entends.

Avant de refermer cette charenthèse, c'est comme une parenthèse mais plus confortable, je tiens à dédier cette dernière chronique, qui n'en finit pas... à Christophe Debacq, mon génial, unique et exceptionnel coauteur, qui s'est chargé d'écrire lui-même ce paragraphe..., et avec qui j'ai navigué sur ces discours-fleuves. A Elsa de Saigne, grâce à qui les mots globinent, ce qui ne veut absolument rien dire, mais comme c'est la dernière on ne risque plus de me virer.

Et puis, pour reprendre la *pré-farce* de mon premier livre, je dédie aussi cette der des der, à ma mère qui a fait de moi un fils, à ma femme Odile qui a fait de moi un mari, et avec qui je suis en phrase depuis près de quinze ans, à mes filles, mes joyaux, mes joyeuses, qui ont fait de moi un père, à ces femmes qui ont fait de moi un homme, à vous, vous là qui me regardez, qui avez fait de moi ce que je suis devenu, à Canal qui m'a décodé et offert cette tribune, même si j'aurais préféré une yaourtière, question de rangement ! Et puis à toi... « *Et Maïtena, que vais-je faiiiireuh ?* » Ben oui, je ne pouvais quand même pas finir sans te faire un dernier p'tit Bécaud...

Alors voilà, à vous tous, je vous le dis le plus simplement du mot : « Merci ! » Et puis comme disait l'autre : Raymond-nous vivants !...

COURRIER DES TÉLÉSPECTATEURS
(« La Matinale », Canal+)

Bonjour, je m'appelle à tarte…

Amusant…

Monsieur Stéphane, vous qui êtes en contact avec les puissants de ce monde et en particulier avec la brochette de politiques qui viennent sur le plateau de « La Matinale » *pour voir Julia Vignali de plus près, auriez-vous l'obligeance, le jour où vous verrez notre Premier ministre François Fignon, de lui demander pourquoi François Beyrouth n'a jamais intégré le gouvernement à la place notamment de ministres comme Roselyne Bachelet, Rachid Taha, Philippe Chatel, Dario Moreno, ou encore Xavier Plastic Bertrand. Merci.*

Cher Monsieur… à tarte…, le gouvernement n'est pas une bande d'enfoirés qui fait chanter la France lors de concerts dont les profits permettent de nourrir ceux qui n'ont plus rien. Certes, Coluche, le ministre de l'Alimentation de l'époque, a fait beaucoup. Mais ne confondez pas chanteurs et maîtres chanteurs.

Je me présente, je m'appelle Henri.

J'aimerais bien réussir ma vie, être aimé.

Etre beau, gagner de l'argent, mais surtout être intelligent. Mais pour tout ça il faudrait que je bosse à plein temps, ce qui m'est hélas impossible car je souffre du syndrome de Julie Pietri, qui m'empêche de m'exprimer autrement qu'en paroles de chansons des années 80… Aujourd'hui, j'ai touché le fond de la piscine dans mon p'tit pull marine. Vous qui avez réponse à tout, que dois-je faire ?

Mon très cher Henri, déjà, rien n'est perdu tant que vous ne chantez pas du Herbert Léonard…

Bande de nazes,

Ah, c'est pour vous, ça…

Je m'appelle Jérome, ce qui ne m'empêche pas de penser que vous n'êtes qu'une bande de consensus mous, et davantage encore depuis que vous avez recruté Gogol de Bruxelles. Oui, c'est de toi que je parle, abruti…, tu te crois drôle avec tes vannes de collégien redoublant et tes jeux de mots à deux euros grecs ? Des comiques comme toi, j'en coule un tous les matins au réveil ! Sauf ce matin parce que hier soir j'ai mangé du pudding…

P-S : pourrais-je te demander une photo dédicacée ?

Cher Jérome,

C'est ton p'tit cœur qui parle et rien que pour ça, nous t'en sommes reconnaissants. Sache que tous les avis, même les plus tranchés, sont les bienvenus, car il nous importe encore une fois de vous offrir le meilleur programme possible. Merci donc et n'hésite surtout pas à reprendre contact avec nous afin de nous exprimer ton courroux, ce sera avec grand plaisir que je m'en ferai l'écho.

En revanche, ta photo, tu peux te la mettre…

Cher défenseur de la liberté d'expression,

C'est moi ça…

Je m'appelle Marie-Laure Mathurin, et les révélations que je m'apprête à vous faire risquent de semer le chaos au plus haut sommet de l'Etat. Je vous demanderai donc de ne pas prononcer mon nom à l'antenne.

Vous n'êtes pas sans le savoir, des rumeurs ont couru ces derniers mois concernant la grossesse de notre première dame. Rumeurs que je réfute aujourd'hui de source sûre. En effet, malgré les couleuvres que l'on tente de nous faire avaler, il ne fait plus aucun doute que madame Bernadette Chirac n'est pas enceinte ! Halte à la censure, la France et les Français ont le droit de savoir !

Alors, pardon, Marie-Laure, mais je pense être quand même très bien informé concernant la politique intérieure de la France et de ses premières dames. Nous pouvons d'ailleurs vous révéler en exclusivité que le bébé est bel et bien né, qu'il s'agit d'une petite fille qui s'appelle Claude, âgée aujourd'hui d'un demi-siècle !

La maman et l'enfant vont bien.

Le père, par contre, ça reste à voir…

Mon Stéphanounet d'amour,

C'est encore moi, Bénédicte-Charlotte Mélin, Béchamel pour les intimes, et Dieu sait que nous le sommes devenus depuis que tu m'as fait découvrir les coulisses de « La Matinale » *un dimanche soir vers 23 h 30. C'était vraiment très intéressant, bien qu'un peu sombre et humide… ce qui a renforcé mon envie de percer dans le milieu télévisuel. Dans cette optique, mon professeur en science de l'image m'a initiée hier soir à un nouveau concept de jeu directement inspiré par « The Voice ». Le principe est à peu près le même, sauf que je suis la seule jurée et que je n'ai pas le droit de me retourner… Crois-tu que cela soit vraiment formateur ou s'agit-il d'un habile stratagème pour abuser une fois de plus de ma crédulité ?*

Ma chère Béchamel,

Je crains effectivement que ton professeur ne cherche une nouvelle fois à user de sa position dominante. Je t'invite donc à prendre les mesures qui s'imposent en revenant me voir au plus vite afin que nous puissions en discuter. J'en profiterai pour t'exposer moi aussi un concept d'émission que je suis en train de monter, une variante de « Zone interdite » qui, j'en suis sûr, t'intéressera au plus haut point.

Bonjour à tous,

Etant sans nouvelles depuis six mois du nuage de Fukushima, j'aurais simplement voulu savoir si vous pouviez en reparler vite fait de manière dramatique et alarmante, car j'ai confiné ma belle-mère à la cave depuis près d'un an maintenant et elle demande de plus en plus expressément à en sortir. Il est donc urgent pour moi de refaire planer sur elle la menace d'une radiation massive afin de continuer à m'assurer un calme salvateur à la maison. Merci de votre compréhension.

Cher compagnon d'infortune,

Sachez que nous compatissons bien fort à votre tourment, mais vous comprendrez que par déontologie et hypocrisie nous ne pouvons cautionner le mensonge et la maltraitance sur les personnes âgées. Je vous invite donc à ramener au plus vite votre belle-maman à l'air libre et de vous faire pardonner en lui offrant une croisière Costa ou un vol sur la Malaysia Airlines…

Cher trublion, permettez que je vous salûtes,

Mais bien évidemment...

Tout à fait friand de vos cocasseries hebdomadaires, je m'étonnai fortement que vous ne passâtes pas au zapping aux côtés de la loutre à deux têtes, l'homme sans nez ou encore Jeanne Mas. Est-ce à dire que l'on vous jalousie à Canal+ depuis que vous connâsses le succès dans « La Matinale » ?

Cher pointu du Bescherelle,

Sachez que je partage votre interrogation. Mais il faut savoir que le zapping est une institution extrêmement réglementée répondant à des critères de sélections draconiens. Il faut être soit politicien, soit montrer son cul, soit les deux..., soit être compréhensible en peu de temps. Personnellement, je ne pratique que la politique de la chaise pleine, ce qui m'empêche d'exhiber mon fier séant à l'antenne. Pour ce qui est d'être compréhensible en peu de temps, moi-même avec du temps il m'arrive de ne pas me comprendre...

Chère Brigitte,

Un petit mot pour te dire que nous passons d'agréables vacances, les températures sont très agréables, Patrice passe ses journées au cinéma, moi je lis Télé 2 Semaines tous les jours dans le salon. Et, comme tu nous l'as demandé, nous installons Mamie au soleil de midi à 16 heures. Hier nous l'avons oubliée. Pardon. Tu verrais comme elle a bonne mine…

Cher Stéphane,

Je suis malentendante de l'œil droit, je ne peux donc ni écouter votre rubrique ni la regarder. De l'œil gauche je ne perçois que les sons graves, du coup, pour vous voir je pensais utiliser mes bras, mais le droit n'étant pas très long, contrairement au vôtre, je me suis pris mon téléviseur dans la gueule.

Reste les pieds, qui au vu de la qualité de vos rubriques, doivent vous être très utiles, mais comme je ne vois que de l'oreille, j'ai du mal à les situer. Pourriez-vous dès lors me traduire votre chronique du jour en braille ?

Chers téléspectateurs, pardon, mais je pense que vous vous trompez d'adresse pour les courriers. Ce qui ne m'étonne qu'à moitié quand je devine vos souffrances. Nous sommes une chaîne de télévision, chaîne de l'espoir, certes, mais qui n'a aucune vocation thérapeutique. Branchez-vous peut-être sur la chaîne parlementaire. Même diminués, cela me semble un choix idéal pour vous. Et puis, qui sait, ça vous permettra de mettre fin à vos souffrances en douceur…

Cher Monsieur De Groodt,

Je profite de votre présence ce matin à « La Matinale » pour vous faire part de vos excellents résultats. Cependant, des chiffres très élevés ne sont pas toujours bon signe et un complément de test me permettra d'évaluer plus justement les conséquences liées à l'insertion du stylo Caran d'Ache et d'une éventuelle inflammation de la prostate diagnostiquée l'autre jour dans mon cab…

Docteur,

Je vous appelle plus tard…

En régie… évitez de mélanger les courriers perso…

Cher Stéphanos,

Je m'appelle Christos, je suis grec, mais tout le monde m'appelle Pierre. J'aurais bien aimé vous écrire une lettre, mais comme je n'ai plus de papier et encore moins d'argent pour m'en acheter, je vous laisse cet email afin de vous prévenir que je ne pourrai malheureusement pas vous écrire. Merci.

Cher Christos, cher Pierre, sachez que je compatis bien sincèrement au tourment qui est le vôtre en ce moment, j'ai moi-même été à court de papier ce matin… Alors le mieux, en fait, ce serait que vous veniez en personne un matin pour nous dire directement ce que vous avez à dire. Il y a des vols Athènes-Paris tous les jours. Vous me direz que ça revient au même : il faut acheter un billet d'avion. Mais l'avantage c'est que vous pourrez utiliser les petites serviettes de bord pour m'écrire le courrier que vous souhaitiez m'adresser, ça fait d'une pierre deux coups, et du coup, mon cher Pierre, vous n'aurez plus qu'à me le poster une fois rentré à Athènes, voilà. C'est tellement facile de communiquer de nos jours ! Et puis il n'y a pas de petites économies.

Bonjour « La Matinale » du matin.

Oui en même temps la matinale du soir ça s'appelle de la rediff…

*Je voulais dire qu'*Intouchables *est vraiment un très bon film que j'ai beaucoup aimé… et qui par ailleurs me semble bien parti pour rencontrer un beau succès.*

C'est bien, vous avez le nez, et puis vous êtes sur la balle aussi…

Mon mari l'a lui aussi énormément apprécié, il s'est même découvert une passion pour le handicap et m'a donc pété les genoux pour pouvoir prolonger encore un peu le plaisir de la projection au quotidien. Vu qu'il m'avait aussi déboîté la mâchoire après s'être découvert une passion pour le muet grâce à The Artist, *je ne vous cache pas que son envie de me faire prendre un bain depuis qu'il a vu* Cloclo *m'inquiète légèrement. Pourriez-vous donc, s'il vous plaît, lui faire comprendre que sa cinéphilie devient un peu excessive ?*

Chère Madame,

Je vous trouve bien ingrate, vous devriez au contraire vous féliciter que votre mari aille voir des films de grande qualité, pensez plutôt à ces pauvres femmes au foyer, obligées de passer leurs vacances en caravane après la saga *Camping*, forcées de se nourrir de Chaussée aux moines après *Des hommes et des dieux* ou de boire du thé toute leur vie après avoir vu *E.T.* Alors faites un p'tit effort, l'exception culturelle vous en sera reconnaissante…

Cher Stéphane,

C'est bientôt Pâques, les cloches s'envolent pour rejoindre Rome, je m'étonne donc que vous n'ayez pas encore décollé…

Cher Monsieur,

Revenue à la vie il y a un mois après avoir passé vingt ans dans le coma, j'ai décidé de m'intéresser à cette formidable technologie que l'on appelle Internet afin de découvrir toutes les merveilles que le monde moderne a à m'offrir. Quelle ne fut donc pas ma surprise de découvrir qu'en mon absence la pomme était devenue une marque, fruit de l'imagination, que Picasso vendait des bagnoles, que la Grèce avait été revendue aux Chinois, et que Charles Aznavour chantait encore. Depuis, je passe mes journées la tête dans le micro-ondes afin de replonger dans un sommeil profond et définitif. Vous que le site gros-mytho.com a qualifié de penseur majeur du XXIe siècle, auriez-vous une raison valable de m'empêcher de commettre l'irréparable ?

Ecoutez, je comprends que vous soyez chamboulé. Le monde change, le temps file, le progrès suit sa folle course. Mais ce n'est pas pour autant qu'il fallusse fermer les yeux sur les moult merveilles de notre belle époque, comme, euh… la compil' de Michèle Torr. Sans compter le reste…, je ne suis pas exhaustif, là-dessus. Il y en a pléthores. Et si ça ne vous suffit pas, dites-vous que le meilleur est à venir… Sinon, le mieux c'est de se mettre sur le programme « décongélation », en fait, ça attaque plus vite…

Bonjour,

Je m'appelle Etienne-Etienne, ooh, je le tiens bien…

Les gens autour de moi disent que j'ai des conversations sans queue ni tête, je ne comprends pas pourquoi, j'ai pourtant perdu deux kilos depuis que la piscine municipale a fermé et que la sœur du curé est allée se faire rembourser sa popeline au pressing, pensez-vous donc que cela et si oui, à quelle heure ?

Cher Etienne-Etienne, ooh tiens-le bien,

Alors, en toute honnêteté, je ne vois pas du tout pourquoi les gens autour de vous vous trouvent un peu confus, j'ai pour ma part une allergie au guacamole et ça ne m'empêche pas d'aimer chevaucher des poneys sur les aires de repos. Je vous invite donc à refermer les fenêtres, sauf le mardi. Oui, ça va, moi aussi je suis passé par le chas de l'aiguille. Comment ?… Bien sûr que je l'ai dit.

Cher Stéphane,

Pardon pour mon écriture un peu brouillon, mais je vous écris avec les pieds car mes mains tremblent très fort. A un point tel que lorsque je fais un câlin à mon petit-fils, il reçoit des tartes dans la gueule. J'en éprouve beaucoup de peine. Cela me tourmente énormément, donc je m'emmerde, donc je regarde « La Matinale », *donc je vous écris.*

Alors voilà, comme vous je m'appelle Stéphane et souffre moi aussi d'avoir à porter un prénom ridicule. J'ai donc décidé de me faire greffer un nouveau nom, mais les greffons n'ont pas tous pris, je m'appelle donc Anne.

A ce titre, pourriez-vous demander à votre patron de caster désormais au sein de votre personnel, non pas des miss blondes, mais plutôt des miss roussos car les femmes à barbe se font rares aujourd'hui à la télévision !

Même s'il ne s'agit pas d'une question, pourriez-vous m'aider à y trouver une réponse ?

StephAnne

Très cher Monsieur,

Je m'appelle Doliprane, j'ai cinq ans, je n'ai commencé à apprendre à écrire que mardi dernier, je vous serai donc gré de faire fi de mes éventuelles erreurs syntaxiques et sémantiques…

Par la présente, je tenais simplement à vous faire part de la profonde gratitude que j'ai à votre égard. En effet, depuis que vous fanfaronnez à l'antenne, maman m'oblige à regarder la télé tous les vendredis matin avant de partir à l'école pour me montrer ce que je risque de devenir si je ne travaille pas bien en classe !

Cher Stéphane,

Vous qui n'êtes pas le dernier pour taper dans l'humour lourdaud et grassouillet, je m'étonne que vous n'ayez jamais fait une seule vanne sur DSK. Est-ce à dire que vous faites vous-même partie de la confrérie judéo-maçonno-priapique qui gouverne le monde ?

Cher Machine,

Soyez rassurée, je ne fais partie d'aucune confrérie que ce soit – sinon de celle de l'andouille dont je suis président d'honneur –, mon absence de vannes sur l'affaire DSK venant simplement d'un manque flagrant d'inspiration sur le sujet. Alors moi, contrairement à lui, je m'abstiens… !

Monsieur,

Oh, déjà, ça commence bien…

Je viens de voir votre consternante interview d'Elizabeth II. L'homophobie royale et déloyale dont vous avez fait preuve est choquante, et en particulier vos allusions sont totalement déplacées à l'endroit de sir Elton John.

Petite précision pour nos amis qui ne regardaient pas « La Matinale » ce matin, nous parlons ici du chanteur anobli et non d'une dame d'église…

Pour le défenseur de la liberté d'expression que je suis, qui abhorre l'intolérance et les caricatures en tout genre, c'est insupportable. Vous n'êtes qu'un bouffeur de frites élevé à la bière !

Cher défenseur des chanteurs à voix,

C'est le cœur meurtri que je découvre votre lettre, croyez bien que la simple idée de déplaire m'est extrêmement douloureuse et je vous prie donc d'accepter mes plus profonds regrets si ces propos à faible vocation humoristique vous ont choqué. Cela m'attriste d'autant plus que je voue moi-même une admiration sincère pour les artistes britanniques, au point d'avoir prénommé mes fils George, Michael, Jimmy et Somerville.

Bonjour Monsieur De Groodt,

Je m'appelle Suzanne, mais vous pouvez m'appeler Suzon, Suzie, Suzette, Suze, Blandine ou Bernard... Je regrette vraiment que la question de l'euthanasie ait disparu de la campagne, c'est un sujet qui me touche de très près, surtout depuis que j'ai euthanasié mon mari à grands coups de bottin parce qu'il avait mélangé le blanc et les couleurs dans le lave-linge. De même, le remboursement de l'avortement de confort a été éludé alors que j'envisage moi-même prochainement d'avorter de mon fils de 14 ans parce qu'il est trop moche. Croyez-vous que cela sera quand même pris en charge par ma mutuelle ?

Chère Marie-Christine,

Ce sont là des sujets graves que vous abordez et qu'il ne faut pas prendre à la légère, d'autant que j'y ai moi-même été confronté personnellement. Votre message a été entendu. J'ai le bras long, et je saurai où le mettre pour faire bouger les choses.

Chers amis de « La Matinale »,

Je m'appelle Mark Zuckerberg, je suis le créateur d'un célèbre réseau social que je ne peux citer mais dont le nom se compose de la façon suivante : mon premier en compte deux dans le bas du dos, mon second est le mari de la chèvre…

Je tenais simplement à vous féliciter d'avoir atteint le cap des 30 000 amis, ce qui équivaut quand même à une ville comme Malakoff ou Mont-de-Marsan. C'est très encourageant pour l'avenir de votre émission, surtout quand on sait que « M6 Boutique » ne compte que 344 vagues connaissances, que « Tfou » n'intéresse que 68 gamins asociaux et que « Télématin » utilise encore le Minitel…

Alors, cher Mark, tout d'abord merci, c'est un grand honneur de recevoir votre message. Il est vrai que notre popularité sur Internet est assez exceptionnelle, mais comme ce métier est un éternel recommencement, j'invite à présent tous nos amis à nous désaimer afin de nous donner l'envie de les reconquérir et de leur offrir chaque jour le meilleur de nous-mêmes.

Cher Monsieur De Groodt,

Permettez-moi de me présenter, je m'appelle Firmin Peutagueule, président du festival des humoristes de demain de Hyères, dans le Var. En préparation de la prochaine édition de notre manifestation, qui se déroulera du 6 mai au 6 mai, nous sommes à la recherche d'un parrain et avons donc tout naturellement pensé à vous après les refus successifs de Patrick Bosso, Tex, Maxime, Charlotte Julian, Christophe Hondelatte, Marcel Philippot et Cerise de Groupama…

Cher Firmin,

Merci beaucoup pour cette invitation extrêmement tentante, mais je ne pourrai hélas pas y répondre favorablement car je serai à la même date retenu au gala de Montcuq, en compagnie de François Fillon et Lana Del Rey.

Bonjour,

Je viens d'apprendre qu'un employé de France Télécom s'était immolé par le feu. Il se trouve que depuis cet après-midi j'ai de la friture sur ma ligne, croyez-vous que cela soit lié ?

Bonjour,

Je m'appelle Jack, peut-être me connaissez-vous, je suis ministre de la Culture depuis que la culture a été inventée en 52 après Jacques Chancel. J'ai créé plein de trucs sympa, comme le Printemps des poètes, qui vous permet de poéter devant tout le monde, ou la fête de la Musique, qui ravit tous ceux qui aiment se faire réveiller à 4 heures du mat' par un alcoolo interprétant « Yellow Submarine » au cor de chasse. Voilà, en fait, c'était juste pour dire que je fais rien de spécial en ce moment et que j'ai encore plein de fêtes sympa à créer, comme la fête de la Fête par exemple, pourriez-vous donc transmettre mon CV à qui de droit si vous veniez à recevoir un « qui de droit » dans votre émission ?

Bien sûr, Jack, ce sera avec un grand plaisir, je vous glisse d'ailleurs de suite dans la pile juste en dessous de Rachida et Rama…

Cher Stéphane,

Je m'appelle Jean Roubignole. Oui, dis comme ça c'est rigolo, mais après trente-deux ans de railleries, croyez bien que ça l'est beaucoup moins. Heureusement, « La Matinale » est là pour m'aider à surmonter les moqueries quotidiennes dont je suis victime et me donner espoir en un avenir meilleur. Grâce à Clara j'ai repris goût à la culture, grâce à Léon j'ai repris goût à la lecture, grâce à Sylvère j'ai repris goût au sport et grâce à vous j'ai repris goût à la bière.

De tout cœur merci.

Cher Roubignole,

N'ayez pas honte de votre joli nom qui sent bon la Provence et les fruits de mer, il n'est qu'un détail de votre personnalité qui, j'en suis sûr, est bien plus riche que cela.

Cher Stéphane,

Je m'appelle Jeannot et vous écris de ma part ainsi que de la part de mon épouse Marceline qui aurait bien voulu vous adresser un p'tit mot mais qui a malheureusement été amputée des bras et des jambes. Nous voulions simplement vous remercier pour vos chroniques drolatiques qui sont notre rayon de soleil hebdomadaire, surtout depuis qu'on m'a diagnostiqué un triple cancer des testicules, qu'un 35 tonnes a stoppé sa course dans notre chambre à coucher et que notre fils Dylan-Brandon-Walsh a été injustement incarcéré pour avoir violé un des koalas du zoo de Beauval en état de légitime défense. Merci encore pour tout le bonheur que vous nous apportez...

Alors, chers Jeannot et Marceline, il est toujours gratifiant de se rendre compte que l'on aide le monde à aller mieux, mais je crois que vous avez quand même une petite tendance à vous apitoyer sur votre sort et à voir les choses en noir. Faites comme nous, allez aux sports d'hiver, partez aux Seychelles et essayez de positiver, je suis sûr que votre vie n'en sera que plus agréable. Et pour ce qui est des koalas, ce sont effectivement des animaux extrêmement aguicheurs et violents, je ne doute donc pas de l'issue favorable du procès de votre fils...

S'lut,

Je m'appelle Johnny, je suis membre du fan-club à Johnny. Hier, on a été au concert à Johnny avec ma femme Jennie et nos trois garçons, Johnny, John et Johnny. C'était trop bien et on voulait juste dire qu'on en a marre que tout le monde il critique Johnny et qu'ils disent que les fans à Johnny c'est rien que des gros beaufs incultes, c'est pas vrai, on est comme les gens normals. Toi qui est belge comme Johnny, pourrais-tu redorer le blouson de notre idole, qui a un peu jauni…

Chers Johnny, Jennie, Johnny, John et Johnny,

D'abord, c'est blason, et pas blouson… Ensuite il n'a jamais été prouvé que Johnny était belge, merci donc de ne pas nous accabler outre mesure, on a déjà assez de mal à faire naturaliser français Plastic Bertrand et Frank Michael.

Bonjour je suis Gaga mais vous pouvez m'appeler Lady, comme les p'tits nègres…

Stéphane, vous vous êtes fait tout seul et je vous admire pour cela. Pareil que moi ! C'est qui qui a fait Gaga ?! C'est moi toute seule !

Je sais reconnaître les gogo d'aujourd'hui qui seront les Gaga de demain. Bravo et à demain donc…

Oui, à demain… Merci ça me touche beaucoup !

Alors, pour ceux qui ne la connaîtraient pas, Lady Gaga, c'est l'interprète de tubes tels que « Po-po-po-poker Face », « Juda-juda-ah-ah » ou « Papa-papa-paparazzis ».

Quel magnifique message d'espoir pour tous les bègues qui nous regardent.

Cher Monsieur ...e Groo...t, je m'appelle ...orothée.

Parmi tous les ...ébats prési...entiels j'ai trouvé le ...ébat de mercredi très agressif. Monsieur Sarkozy s'est fait retourner ...ans tous les sens par son a...versaire. ...ésolée ...e vous dire cela mais...

Oui, bon... alors, réécrivez-moi quand vous aurez réparé la lettre D de votre clavier parce qu'on va encore penser que j'ai des problèmes d'élocution...

Bonjour,

Je m'appelle Marine, j'ai 43 ans, j'ai failli être présidente de la République à 85 % près, autant dire que ça s'est joué à rien… Par la présente, je tenais simplement à m'excuser pour les propos déplacés que j'ai eus envers certains membres de votre équipe durant la campagne, le jeu politique est cruel et j'en suis parfois moi aussi la victime consentante, veuillez donc trouver ci-joint une boîte de Mon Chéri au schnaps en guise de dédommagement. Je vous demanderai malgré tout de garder ce courrier confidentiel, j'ai une réputation de femme combative et inflexible à défendre, il serait donc malvenu que les électeurs découvrent en moi une petite fleur fragile qui n'a finalement d'autre ambition que d'éclore pour enfin faire la fierté de son papa…

Chère Bleuet Marine,

C'est avec sincérité et reconnaissance que nous acceptons vos excuses et ces quelques chocolats que Léon a hélas déjà vidé de leur contenu afin de corser son déca. Sachez que nous sommes tout à fait conscients que vos propos ont dépassé votre pensée et que je ne vous en veux absolument pas d'avoir tenté de me discréditer en insinuant honteusement que j'avais couché avec René Coty, et pas de son vivant. C'est de bonne guerre et, de toute façon, vous n'aviez pas de preuve…

Avant toute chose, je voudrais m'excuser pour mon absence de la semaine dernière qui a causé énormément d'inquiétudes chez nos téléspectateurs, certains allant même jusqu'à immobiliser des transports scolaires et bloquer le trafic aérien dans le seul but d'obtenir des réponses. Franchement, c'était pas la peine. Quoique...

Alors... première lettre

Cher Monsieur,

Je m'appelle Martine, j'ai 82 ans, c'est la première fois que je vous écris. Je souhaite féliciter votre chaîne pour la variété et l'innovation dont vous faites preuve dans vos choix de programmes.

Bien qu'étant atteinte de la maladie d'Alzheimer, il me plaît de quotidiennement découvrir des films inédits tels que La Grande Vadrouille *ou* Sissi impératrice. *Mais je ne me suis pas présentée, je m'appelle Martine, j'ai 82 ans, c'est la première fois que je vous écris. Je souhaite féliciter votre chaîne…*

OK…

Très chère Martine, merci de ce magnifique message qui nous a tous bouleversés au plus haut point… A travers vous, j'aimerais d'ailleurs saluer le courage de tous nos téléspectateurs diminués qui nous regardent ou essaient de nous écouter…

Lettre suivante

Cher Monsieur,

Je m'appelle Martine, j'ai 82 ans, c'est la première fois que je vous écris…

Bien…, suivante

Cher Monsieur,

Je m'appelle Martine…

C'est pas gagné, hein !…

Salut,

C'est moi, Mathilde Seigner, actrice libre dans sa tête qui dit ce qu'elle pense, pense ce qu'elle dit, pense ce qu'elle pense et dit ce qu'elle... Ouais, enfin, c'est Mathilde Seigner, quoi ! Je voulais juste dire que c'est vraiment super que plus de deux millions de personnes aient voté pour Michel Blanc dimanche dernier, même si je pense, et je le dis, que Joey Starr le méritait vraiment plus, et que ça aurait été super aussi qu'il monte sur scène à la Bastille.

Oui, alors, chère Mathilde, merci de regarder « La Matinale », même si vous ne comprenez pas tout. Alors ce n'est pas parce que deux millions de personnes ont voté blanc dimanche que c'était forcément pour Michel. C'était peut-être aussi pour encourager Blanc Laurent en vue de l'Euro ou saluer la mémoire de Gérard Blanc... Alors c'est bien de dire ce qu'on pense, mais avant de penser, faut... penser.

Salut,

C'est encore moi, Mathilde Seigner, c'était juste pour vous dire que je pense que vous êtes un gros con...

Eh ben voilà, ça au moins c'est réfléchi !...

Cher Stéphane, permettez que je vous appelle Pauv' con,

Je vous en prie…

Je vous ai croisé hier dans la rue et vous ne m'avez pas dit bonjour, preuve s'il en est que vous avez pris la grosse tête. C'est d'autant plus ingrat que nous sommes amis sur Facebook. Vous ne pouvez l'ignorer, c'est moi qui ai commenté « ptdr » à votre interview sur DSK. Est-ce ainsi que vous remerciez ceux qui ont toujours cru en vous ?

Cher et fidèle ami, je suis extrêmement peiné de vous avoir peiné, croyez bien que je comprends votre rancœur, j'ai moi-même poké Charlize Theron il y a six ans et elle ne m'a toujours pas repoké !

Je m'appelle Jean-Pépito Larivière, j'ai 14 ans et mon papa me tape tous les jours sur la tête avec un catalogue Bricomat.

Hier soir, maman a raté son clafoutis aux tomates et ça a encore mis papa très en colère. Il l'a donc emmenée dans le jardin pour lui apprendre à se servir du batteur électrique puis l'a enterrée à côté de ma grande-sœur Marie-Granola qui avait trop fait cuire sa flammiche à midi. Etant moi-même assez peu doué en cuisine, je ne vous cache pas que je redoute le prochain repas. Pourriez-vous donc s'il vous plaît venir me chercher au plus vite ?

Alors, mon petit Jean-Pépito, je te demanderai d'arrêter d'encombrer notre boîte de courriers hors sujet, nous sommes ici dans une rubrique sérieuse où les questions d'ordre culinaire n'ont pas lieu d'être ! Je t'invite plutôt à prendre contact avec nos collègues de Cuisine-TV qui pourront te conseiller quelques recettes à même de satisfaire le fin palais que semble être ton paternel…

Cher Stéfan,

Ben non... Stéphane ça s'écrit avec « ph », pas « f » sinon ça fait « Stéfan » et c'est pas joli... C'est comme Stephan Eicher, qui lui n'a pas de E à la fin, mais c'est normal parce qu'il est suisse... Mais bon, on s'en contrefout !

Je m'appelle Pimprenelle, j'ai 49 ans. Sachez que durant de nombreuses années, un gars déguisé en ours s'introduisait chaque soir dans notre chambre, accompagné d'un gros vicelard qui s'astiquait le fuseau en nous matant par la fenêtre. Paraît qu'il voulait nous balancer du sable dans la gueule pour nous endormir. Par votre biais, je souhaiterais enfin dénoncer ces vilaines manières dont mon frère et moi avons été les victimes innocentes.

Alors faut arrêter maintenant, parce que entre l'ami Ricoré qui nous quémande dix balles pour finir le mois, Jakie Quartz qui veut à tout prix placer son dernier 78 tours et Albator qui réclame une greffe de cornée, ça devient vraiment n'importe quoi. C'est pas parce que ça a marché pendant deux jours pour Mallaury Nataf qu'il faut tous vous sentir obligés de vous plaindre pour revenir dans la lumière !

Chère Caroline,

Je m'appelle Jean-Pierre, le poète qui fait des poèmes et qui t'aime qui t'aime. Comme tu n'as pas répondu à ma énième demande en mariage, j'imagine que ma missive est restée lettre morte. Voilà pourquoi, à la suite du décès de ce courrier, je t'offre aujourd'hui ces nouvelles rimes toutes droites sorties de ma plume parfumée d'amour.

Ô Caroline,
Tu es divine
Dès le générique de fin
Le prochain matin me semble trop loin

Oui, bon…

Douce Caroline,
Je te ferai des pommes dauphines
Nous nous aimerons le cœur à vif
Et on mangera du corned-beef…

Ô Caroline…

OK, alors merci Jean-Pierre, c'est tout à fait bouleversant, mais je me permets de parler au nom de Caroline pour vous dire que nous sommes extrêmement flattés de l'intérêt charnel que vous nous portez mais nous ne sommes pas que des icônes glamours et sexy… Il faut savoir passer outre le fantasme télévisuel pour voir l'humain, imaginer la personne fragile, l'enfant solitaire que nous sommes et qui se cache derrière cet écran plasma. Alors ça suffit maintenant !

Salut, Steph !

Ouais, enfin, doucement, on n'a pas gardé Mélenchon ensemble, hein…

Je ne m'appelle pas car mon père s'est tellement torché à ma naissance qu'il a oublié d'aller me déclarer en mairie. Mais ce n'est pas là le sujet de mon message… Toi qui as toujours un avis aiguisé et pertinent sur les sujets brûlants, ne penses-tu pas qu'il faille abandonner l'économie de marché telle que nous la connaissons aujourd'hui afin d'entamer un processus de refonte totale du modèle capitaliste, basé non pas sur un rapport perte/profit suspendu aux dividendes d'un marché boursier autosuffisant mais plus concrètement sur un schéma monétaire unifié plus à même d'entraîner dans sa course une vague de croissance non concurrentielle et donc indépendante de toute logique inégalitaire ? Merci de ta réponse.

Oui, c'est un point qui se défend…

Cher Monsieur,

Quand on voit le succès que connaît Jean Dujardin grâce à son film muet, n'auriez-vous pas envie vous aussi de la fermer un peu ?

Très bien… dont acte !

Cher Stéphane,

Depuis le passage à la TNT, mon mari passe ses journées devant la télé à s'extasier sur la qualité d'image et du son, au point de négliger notre vie de couple. Il déjeune devant Elise Lucet, dîne avec Laurence Ferrari, se couche avec Frédéric Taddeï et se lève avec Julia Vignali. Cette vie de débauche n'a que trop duré. Pour sauver mon mariage, j'ai donc décidé de passer moi aussi au tout numérique afin d'afficher un plus beau visage et une voix moins nasillarde. Mon « petit potager » n'étant pas au format HDMI, pourriez-vous m'indiquer la marche à suivre afin de me mettre au plus vite en conformité ?

Cher téléspectatrice,

Je ne puis, hélas, vous venir en aide, mes compétences techniques se limitent au rembobinage de VHS. Je vous invite donc à vous tourner vers Mireille Dumas qui sera tout à fait disposée à résoudre votre problème.

Bonjour,

Cette semaine, j'ai regardé The Tree of Life *sur Canal. Dieu sait que je ne suis pas influençable mais je pense comme tout le monde que c'est un chef-d'œuvre, même si je me suis endormi au bout de vingt minutes. Pourriez-vous juste me résumer vite fait ce que ça raconte, histoire que je ne passe pas pour un gros blaireau en retournant lundi au bureau ?*

Eh ben, c'est facile, hein, euh, y a Brad Pitt avec des grosses lunettes qui est marié à une rousse, leur fils meurt, du coup Sean Penn ouvre un robinet et va marcher dans le désert pendant qu'un volcan entre en éruption et que des dinosaures gambadent dans la forêt. A la fin, tout le monde se retrouve sur la plage. Sauf les dinosaures parce que c'était sûrement hors vacances scolaires des dinosaures. Enfin j'imagine…

Bonjour,

Je m'appelle Orvoir, ce qui n'est vraiment pas pratique pour lier connaissance. Voilà, c'était juste pour dire ça et vous offrir une dernière vanne facile avant de partir…

Table

Cet ouvrage a été composé par IGS-CP
à L'Isle-d'Espagnac (16)

Impression réalisée par

BRODARD & TAUPIN

La Flèche (Sarthe)
en décembre 2014

Dépôt légal : novembre 2013
N° d'impression : 3008554
Imprimé en France